숲 너머 저편

Original title: Далеко за лесом (Daleko za lesom)
Text © Ekaterina Kagramanova, 2021
Illustrations © Tatiana Petrovska, 2021
© Apricot Publishing LLC, 2022

Published with the permission of the Apricot Publishing LLC, Russia

이 책의 한국어판 저작권과 판권은 저작권자와의 독점 계약으로 써네스트에 있습니다.
저작권법에 의해 한국 내에서 보호를 받는 저작물이므로 무단 전재와 무단 복제, 전송, 배포 등을 금합니다.

이 책은 러시아 문학번역원의 지원으로 만들어졌습니다.

숲 너머 저편

예카테리나 카그라마노바 글
타치야나 페트로브스카 그림
강완구 옮김

씨네스트

우리 주변에는 늘 사람들이 많다. 그들은 바로 우리 곁에서 조언을 해주거나 도와주기도 한다. 그런데 정작 무언가 나쁜 일이 생기면 갑자기 혼자라는 생각이 든다. 실제로는 전혀 그렇지 않다. 당신 곁에는 반드시 당신을 위로해 주는 사람이 있기 마련이다. 지금 당장 당신 곁에 없더라도 언젠가는 그런 사람이 나타날 것이다.

나쁜 일이 지나고 나면 호기심 많은 사람들은 호기심에 찬 동그란 눈을 하거나 눈을 치켜 뜨고 관심을 보인다. 하지만 속지 말아라. 당신이 가지고 있는 것은 당신에게 아주 소중한 것이지만 그들에게 그냥 일회용 티백에 불과한 것이다. 나중에 그들은 '정말이야? 지어낸 것 아니지? 정말 그랬단 말이야?'하고 묻고는 아무 일 없는 것처럼 행동할 것이다.

그러니 그런 사람들에게는 그냥 아무 일도 없었다고 이야기해 주어라.

1장

로비가 사라졌던 날 아침은 다른 날과 다르지 않았다. 정확하게 말해서 30분 동안만 그랬다. 마야는 숨을 깊게 들이마시고, 또 들이마셨다. 뭉쳐 있는 폐에 공기를 넣으며 뛰는 심장을 진정시켰다. 그렇게 아빠가 가르쳐주었다. 아니 가르쳐주었다기보다 아빠가 말하는 대로 따라했다. '슴을 들이마셔, 마야, 깊게 들이 마셔!' 아빠는 화가 난 것 같았다. 그리고 솔직히 말해서 아빠가 그렇게 한 것이 마야에겐 도움이 되었다. 그리고 지금 일어나고 있는 일에 대해 누군가는 알고 있을 것이라고 느껴졌다. 한편 엄마는 반대로 겁에 질린 채 두려움에 떨고 있었다. 꿈이야. 이건 꿈일 뿐이야. 어른이라면 이런 걸 두려워해서는 안 된다. 그렇지 않은가?

동생이 태어났을 때 마야는 열 살이었고 폴리나는 아홉 살이었다. 아기만을 위한 방이 필요했으므로 여자아이들은 한 방에서 잠을 자기 시작했다. 그러자 폴리나가 징징대기 시작했다. 왜냐하면 마야가 매일 밤은 아니지만 아주 자주 꿈을 꿨는데 그때마다 옆 침대에서 잘 수 없을 정도로 비명을 지르고 숨을 헐떡이기까지 하였기 때문이다. 부모님은 오랫동안 고민하지 않았다. 비록 이사한 동네가 전보다 살기 좋은 환경은 아니었지만 아이들은 각자 방 하나씩 가질 수 있게 되었다. 솔직히 말해서 그 즈음부터 마야는 밤마다 목이 터져라 소리를 지르지 않게 되었다. 감사할 따름이다. 그렇지 않았다면 예전 아파트에 계속 살았을지도 모르는 일이다.

방금 일어난 마야는 '아침으로 뭘 먹을까?'하고 느긋하게 생각하고 있었다. 어젯밤에 엄마가 블리니(러시아식 팬케이크)를 만들었는데 남은 것이 있는 것 같았다. 물론 밤에 누군가 부엌에 들어가지 않았다면 말이다. 여기서 이야기하는 누군가는 바로 폴리나를 말한다. 폴리나는 언제나 자정이 될 때까지 자지 않고 있다가 자정이 지나면 무언가 맛있는 것을 먹고 싶어 한다. 그러고 나서 살이 쪘다고 징징거린다. 지금 잼이나 꿀을 블리니에 발라 먹으면 딱 좋을텐데……

서서 블리니를 한 장씩 굽는 일은 매우 지루한 일이다. 그런데 여섯 살인 로비는 부엌에서 일하는 것을 좋아한다. 어제 로비는 반죽에 덩어리가 생기지 않도록 반죽을 저어주는데 얼마나 집중을 하는지……. 언젠가 그가 유명한 요리사가 되고 마야는 기자들에게 그의 어린 시절에 대해 이야기하는 그런 순간이 오지 않을까? 하하, 그럴지도 모른다!

바보 같이 이런 생각을 하다니! 다만 침대에서 일어나고 싶지 않았을 뿐이다.

왜냐하면 마야가 매일 밤은 아니지만 아주 자주 꿈을 꿨는데 그때마다 옆 침대에서 잘 수 없을 정도로 비명을 지르고 숨을 헐떡이기까지 하였기 때문이다.

엄마는 마치 그녀의 생각을 읽는 것처럼 소리질렀다.

"애들아, 어서 일어나!"

폴리나가 방에서 졸린 목소리로 대답을 하였다. 아마도 또 밤새도록 친구 중 한 명과 문자를 주고받았나 보다. 로비의 목소리가 안 들리다니 이상하다.

"애들아! 로비, 마야! 아침 먹어라. 어서, 서둘러!" 엄마가 다시 외쳤다.

"금방 갈게, 엄마!" 마야가 대답했다.

로비는 여전히 대답이 없었다. 보통 아침 일찍부터 그의 목소리가 들렸는데 이상하였다. 마야는 동생을 사랑했다. 태어날 때부터 새끼 고양이처럼 순하고 착하고 믿음직스러웠다. 동생을 보는 것만으로도 기분이 좋아졌다. 이름은 별로 마음에 들지 않았다. 로베르트라니. 이건 순전히 엄마의 생각이었다. 하지만 애칭으로 로비는 그럭저럭 괜찮았다.

마야는 담요를 뒤로 던지고 기지개를 펴면서 침대에서 일어났다. 그녀가 간신히 슬리퍼를 찾았을 때 방문이 열렸다. 그리고 열린 방문 사이로 엄마가 걱정스러운 모습으로 그리고 동시에 기대를 하는 모습으로 딸을 바라보았다.

"로비 네 방에 없어?"

마야가 놀란 표정으로 대답을 대신했다.

"로비, 로비, 어디 있냐?" 엄마의 목소리는 비명으로 변했다.

아들은 대답이 없었다. 모든 옷장과 책장을 뒤지고 침대 밑을 살펴봤다. 동생에게 이런 일이 있었던 적은 한 번도 없었다.

갑자기 사람들을 놀라게 할 생각을 한 것일까?

마야는 무슨 일이 일어나고 있는지 이해할 수 없었다. 그녀가 알지 못하는 무언가가 있다는 이상한 느낌이 들었다. 무슨 일이 있었을까? 여섯 살짜리 아이가 탐중에 어디를 갈 수 있을까?

"제발……. 제발 로비를 찾아줘. 제발 찾아줘!" 엄마의 흐느끼는 소리는 참기 힘들었다.

아빠가 뭐라고 이야기를 하려고 하였지만 항상 침착하던 엄마가 갑자기 소리를 질렀다.

"그만! 당장 그만해! 그건 사실이 아니야! 나 당신 말 듣고 싶지 않아! 그만해! 애를 찾아 줘!"

마야는 아빠를 유심히 바라보았다. 아빠는 입을 꽉 다문 채 바닥에 시선을 고정하고 있었다. 그는 간신히 버티고 서 있는 듯 하였다. 무슨 일이지? 마치 딸의 무언의 질문을 알아들었다는 듯 아빠는 무거운 눈빛으로 딸을 바라보며 고개를 가로저었다.

"찾아보자."

그들은 다시 찾기 시작했다. 두 번째로 부엌 찬장 문을 열어갔을 때 아빠는 엄마의 어깨를 어루만지며 말했다.

"없어. 그만하자. 모래 속에 머리를 숨기지 마."

엄마는 멍하게 정면을 바라보았다. 남편의 손을 밀어내며 전화기를 잡았다. 떨리는 목소리로 그녀가 말했다.

"여보세요! 제 아이가 실종됐어요."

2장

 두 명이 왔다. 한 명은 오십 살쯤 되어 보였고, 뚱뚱했다. 배가 허리띠 밖으로 툭 불거져 나와 있었다. 이 사람은 아이를 찾는 데에는 전혀 관심이 없어 보였다. 고개를 이리저리 돌리면서 귀찮다는 표정으로 집안을 살펴보았다. 마야는 '뭘 보고 있는 거예요? 아이를 찾아달란 말이예요!'라고 외치고 싶었다. 다른 한 명은 그보다는 훨씬 젊은 삼십 살쯤 되어 보였다. 그는 검은 눈을 지그시 감고 있었다. 그는 애쓰는 것 같았다. 그것은 그에게도 여섯 살짜리 아들이 있기 때문이다. 엄마가 무슨 일이 있었는지 설명하기 시작하자 그는 자신이 할 수 있는 일을 모두 하겠다고 약속했다. 마야는 '아, 이 사람이 계급이 더 높군. 그래서 다른 사람이 이 사람을 도우려고 하지 않는 거야. 자기보다 어린 사람의 말을 따라야 하는 것이 불쾌한 거야.'라고 이해했다.
 마야는 왜 이런 생각이 들었는지 알 수 없었다. 아마도 비현실적인 현재의 상황에 대해서 생각하지 않기 위해서인 것 같다. 그것은 마치 꿈 같았다. 마야는 소파에 몸을 접고 앉아서 떨리는 두 손으로 무릎을 감싼 뒤 깍지를 끼었다. 몸속 어딘가에서 혈관이 심하게 떨렸다. 불행한 일은 누구에게나 일어날 수 있다. 다만 우리 가족은 예외여야 한다. 그렇지 않은가? 여섯 살짜리 동생이 실종된 것처럼 느껴진다면 그것은 그렇게 느껴질 뿐이다. 그런 아이는 실종될 수 없다. 금방 모든 것이 해결될 것이고 나중에 웃으면서 이야기하게 될 것이다. 그렇지 않은가? 폴리나가 놀이터에서 잠깐 덤불 속으로 들어가서 엄마가 당황했던 그때처럼 말이다. 그냥 오해일 뿐이다. SNS에 실종자를 찾는 광고나 사진은 모두가 다 그런 것들이다.

집 안을 두 번째로 샅샅이 뒤졌다. 토비의 방은 평상시와 다름이 없었다. 방바닥에는 블록들이, 책상 위에는 그림책이, 침대 한쪽에는 구겨진 담요가 놓여 있었다.

젊은 경찰관이 수첩을 내려놓고 주위를 둘러보며 말했다.

"다 둘러봤지만 아드님은 여기 없습니다. 이제 질문을 할 테니 최대한 자세하게 대답해 주세요. 기억을 잘 해보세요. 어제는 어떻게 보냈나요? 로베르트는 뭘 했나요? 자세하게 말씀해 주세요. 어제 아침 일찍부터 오늘 지금까지 이야기해 주세요."

부모님은 기억을 더듬기 시작했다. 하지만 이건 정말 바보 같은 일이었다. 나중에 마야는 여러 번 생각했다. '엄마는 왜 그렇게 한 것일까? 엄마는 알면서 왜 그랬을까?'

부모님은 폴리나가 흰 빵이 탄수화물로만 되어 있기 때문에 아침 식사로 먹지 않겠다고 이야기했고 그 옆에서 로비가 깔깔거리고 웃었다고 이야기했다. 엄마는 아빠의 오트밀을 폴리나에게 주어야만 했고, 로비가 레고를 조립한다며 집안 곳곳에 레고 조각들을 흩트려 놓았다고 이야기했다. 그리고 엄마가 로비를 놀이터에 데려가던 모습, 점심을 먹고, 그림을 그리고, 만화영화를 보고, 블리니를 만드는 것을 돕고, 저녁을 먹고, 마침내 잠자리에 드는 모습까지 모든 것이 좋았던 슬픈 하루의 타임라인을 이야기해주었다. 마치 그것이 아이를 찾는데 도움이 될 것 같이. 그런데 오늘 아침 아이가 침대에서 사라졌다. 어떻게 이럴 수가 있단 말인가?

마야는 발 밑의 카펫을 바라보며 무늬의 구불구불한 선을 정신없이 따라갔다. 바보 같은 습관이다.

뚱뚱한 경찰은 뒤뚱거리며 창문으로 다가가서 밖을 내다보았다. 그는 휘파람을 불면서 "6층이군요."라고 말했다. 그는 두 번째 경찰에게 물었다.

"발코니를 통해서?"

그러자 그가 고개를 끄덕이며 손으로 현관문을 가리켰다.

"이웃들에게 한번 물어봐요. 그럴 리가 없겠지만 말이죠."

나이든 사람은 킬킬거리며 밖으로 나갔다.

우리는 많은 질문에 대답했다. 여기서 '우리'라고 이야기하는 것은 정확하게 사실이 아니다. 왜냐하면 엄마가 대부분 대답을 했기 때문이다. 엄마만이 아들이 동네에서는 누구와 친하게 지내며 어린이집에서는 누구와 친한지 알기 때문이다. 엄마는 모든 것을 자세하고 정확하게 말하려고 열심히 노력했고, 그것이 도움이 될 것이고 아들을 찾을 수 있을 것이라고 믿었다. 마야는 마음속에서 짜증이 치밀어 오르는 것을 느꼈다. 아무 일도 하지 않으며 그냥 기계적으로 이것들을 받아 적고 있는 경찰관에 대한 분노였다. 말 잘 듣는 소녀처럼 어리석은 정보를 열심히 이야기하는 엄마에 대한 분노였다. 항상 가장 똑똑한 척하더니 지금은 침묵을 지키는 아빠에 대한 분노였다. 그 와중에 휴대폰을 몰래 보고 있는 폴리나에 대한 분노였다. 마야는 그냥 소리지르고 싶었다. 이 모든 것에 대해서 그냥 소리를 지르고 싶었다. 이들은 모두 너무 무기력하였다. 뭔가 나쁜 일이 일어나고 있는데 말이다.

아빠는 얼굴을 찡그리고 앉아 뭔가를 생각하고 있었다. 아빠의 머리카락은 구릿빛이었는데 은회색 줄무늬가 생겨 있었다. 마야는 자신이 아빠를 닮았다는 걸 알았다. 같은 붉은색 머리카락, 같은 밝은 갈색, 거의 황금빛의 눈동자. 외모는 그렇지만 성격은 절대 아니라고 그녀는 항상 생각했다. 그리고 이제 그녀는 기다렸다. '아빠, 뭐라도 해 봐! 아빠는 항상 모든 것을 알고 있잖아! 아빠는 도대체 왜 아무 말도 않는 거야?'

"길거리나 집 앞에서 낯선 사람을 만난 적이 있나요? 아니면 유치원에서라도요?"

마치 광란의 자동차가 속도를 내듯이 내부의 긴장감이 점점 커지고, 커지고, 커지고 있었다. 그녀는 이런 바보 같은 행동들에 대해서 더이상 참을 수가 없어서 소리를 지를 것만 같았다.

"아이가 무슨 말을 했나요? 누구에게 갔을까요? 아이를 강아지나, 과자 아니면 컴퓨터 게임으로 유혹했을까요?"

마야는 더 이상 참을 수 없었다. 마야는 학교에서처럼 손을 들어 경찰관의 말을 가로막았다.

"잠깐 얘기 좀 할 수 있을까요? 이리 좀 와 보세요." 그녀는 분노를 참으며 현관 쪽으로 갔다.

"보세요. 로비의 키가 이 정도예요." 마야가 손을 내밀었다. "그리고 자물쇠는 여기 있습니다. 그 아이는 혼자서 문을 열 수 없어요. 손이 닿지 않아요. 아이는 너무 작아요. 그게 첫 번째이고요."

경찰관은 그녀의 말에 특별히 관심을 갖지 않고 무심하게 말을 했다.

"의자를 가져올 수 있지 않나요?"

"그리고 뭐, 다시 가져다 놨나요? 그리고 나갔다는 거예요?"

남자는 어깨를 으쓱했다.

"글쎄요, 그가 그렇게 하라는 말을 들었다면 다시 가져다 놓을 수 있지 않나요? 두 번째는 뭔가요?"

그는 이제 더 주의 깊게 그녀의 이야기를 들을 준비를 하였다.

"둘째, 의자에 서 있어도 문을 열 수 없었을 거예요. 우리 집 자물쇠는 잘 열리지 않아요. 내가 그제 말했잖아, 아빠!" 그녀는 짜증난다는 표정으로 아빠를 쳐다봤다.

"잘 열리지 않는다는 말이 맞나요?"

경찰관이 눈살을 찌푸리며 부모를 바라보았다.

아빠는 천천히 고개를 끄덕였다.

"예, 시간이 없었어요. 자물쇠가 너무 빡빡하죠. 문을 몸 쪽으로 힘껏 당겨서 문을 열어야 합니다."

문을 스무 번이나 여닫는 것을 보는 것은 역겨운 일이었다.

경찰관은 의미심장하게 쓴웃음을 지었다. 그는 문제를 해결하려고 애쓰고 있었다. 여섯 살짜리 아이가 6층 아파트에서 한밤중에 실종된 사건. 아이 혼자서는 문을 열 수 없다. 그럼 발코니밖에 없다. 아니면 가족 구성원 중 누군가가 연루되었을 가능성이 있다. 그렇다, 가능성이 희박해 보이지만, 그는 그런 경우의 사건을 전에 본 적이 있다. 설명할 수 없는 폭력, 이상한 행동. 뭐든 가능하다. 그는 자리에서 일어났다.

"이웃들 조사가 어떻게 되었나 알아 볼게요. 그 동안 어머님은 유치원 학부모 단체방에 글을 써보는 것이 좋겠어요. 그런게 있지 않나요? 글을 써서 다른 부모들에게 도움을 요청하십시오. 누군가 이상한 것을 발견하거나 이상한 것을 보거나 이상한 것을 들었을 수도 있습니다. 어쩌면 우리는 결정적인 증거를 찾을 수도 있을 겁니다. 물론 SNS는 좋은 것이 아니에요. 하지만 지금 우리에게 많은 도움이 될 수 있습니다."

엄마는 고개를 끄덕이고 자리에서 일어나 서둘러 휴대폰을 가져왔지만 아무것도 입력하지 못했다. 왜냐하면 경찰관이 나가고 문을 닫자 마자 아빠는 거의 강제로 엄마를 안방으로 끌고가듯 데려가서 문을 단단히 닫았기 때문이다.

줄곧 커다란 눈을 하고 앉아 있던 폴리나는 휴대폰을 집더니 자기 방으로 향했다. 마야도 자신의 방으로 가고 싶었지만 부모님 방에서 들려오는 고함소리에 발걸음을 멈췄다.

3장

아빠는 항상 돌처럼 요지부동한 태도와 자신이 옳다는 고집스러운 확신으로 엄마를 화나게 했다. 엄마는 그것을 아집이라고 불렀다. 아빠와 논쟁하는 것은 불가능했다. 어떤 논쟁도 그의 잘난 척에 산산조각이 나기 때문이다. '내가 그렇게 말했잖아!' 그가 가장 좋아하는 말이다. 이런 말을 하는데 누가 그와 논쟁할 수 있겠는가?

로비는 아직 어리고 순했으므로 온 가족이 사랑했고 누구와도 다툰 적이 없었다. 영리한 폴리나도 부모님의 말을 거의 거스르지 않았다. 자신이 옳다는 것을 증명하기보다는 부모님 말에 따르는 것을 더 선호했다. 그렇기 때문에 항상 마야가 비난을 받았다. 어린 시절부터 그녀는 무엇을 하라는 지시를 받는 것을 싫어했고 지루한 것을 견디지 못했다. 그리고 아빠는 왜 그런 식으로 행동하는 것이 잘못인가에 대해서 마치 일부러 그러는 것처럼 길게 길게 늘여서 설명을 하였다. 엄마 아빠 두 사람에 대해서 이야기하면, 엄마는 불 같았고 아빠는 물도 아니고 만약 비교가 가능하다면 얼음 같았다. 마야와 아빠, 두 사람 사이의 다툼을 해결하는 사람은 엄마였다. 엄마는 항상 마야를 위로하며 아빠가 마야를 얼마나 사랑하는지 말해줬다. 그렇다. 아주 잘 알 수 있다. 엄마가 아빠에게 뭐라고 말했는지는 모르겠지만 아마 같은 말을 했을 거다. 마야가 아빠를 얼마나 사랑하는지. 당연한 것이다.

지금 바로 그 아빠가 소리를 지르고 있다.

"당신, 왜 모르는 척하는 거야? 시간이 얼마 남지 않았어! 당신도 다 알잖아! 왜 이 말도 안 되는 납치설을 믿는 척하는 거야? 우리는 시간을 낭비할 뿐이야! 십 년 전 일 기억 안 나? 그 아이에겐 아무 일도 일어나지 않았어. 그게 중요한 거야! 그 아이는 살아있고 우리랑 함께 있어! 아이를 위해 내 목숨을 바칠 수도 있어. 하지만 내가 할 수 있는 일이 아니잖아!"

엄마가 알아들을 수 없는 말로 뭐라고 하니까 다시 아빠가 말을 끊었다.

"당신이 좋아하든 싫어하든 상관없어 내가 직접 할 게. 내가 그녀에게 전화를 할 게. 그녀 전화번호를……."

마야는 온 몸에 소름이 돋기 시작하는 것을 느낄 수 있었다. 그녀는 흥분을 하면 그런 상태가 되었다. 엄마가 저렇게 마음 아파하고 있는데 어떻게 감히 엄마에게 소리를 지를 수 있단 말이지? 그리고 도대체 무슨 말을 하는 걸까?

부모님 침실에 들어갈 때는 반드시 노크를 하는 것이 규칙이었다. 하지만 이번에 그녀는 노크도 하지 않고 문을 활짝 열었다. 이제 아빠는 그녀에게 사회적인 예의범절에 대해 가르치려고 할 것이다. 상관없다!

"엄마한테 소리 지르지 마!"

아빠는 인테리어 모빌을 바라보듯 그녀를 바라보다가 침대 가장자리에 앉아 몸을 움츠리고 눈물을 삼키고 있는 엄마에게 시선을 돌렸다. 불쑥 아빠가 말했다.

"마야, 도와줘. 인터넷에서 누군가의 세부 정보를 찾아야 해."

그녀는 아리아나 그레이를 탐색했다. 누군가의 이름이었다. 가수나 배우의 가명인가? 아니, 가수나 배우가 아니라 아빠는 심령술사 뭐 그런 거라고 했다. 더 이상 설명은 안 했다. 원래 그런 스타일이다. 마야는 묻지 않았다. 아빠와 심령술사? 그건 이미 환상의 세계 이야기인 것 같았다. 전혀 어울리지 않는 조합이다.

아리아나 그레이는 70킬로미터 떨어진 옆 도시에 살고 있었다. 검색 엔진은 마야가 아빠에게 전달한 휴대폰 번호를 찾아냈다. 아빠는 전화를 들고 부엌으로 들어가 문을 닫았다. 이제 아리아나가 누구인지 알아내는 일만 남았다.

인터넷에는 의외로 정보가 거의 없었다. 점성술사, 밀교 및 기타 등등만이 정보로 떴다. 레스토랑 사업에 관한 것이 있었지만 아마도 관련이 없을 것이다. 아빠가 어떻게 아리아나를 아는지 모를 일이다.

부엌 문이 열렸다. 아빠는 언제나처럼 자신감 있는 걸음으로 엄마에게 다가갔다. 엄마는 부은 눈으로 올려다보았다.

"여보, 소리 질러서 미안해. 그녀와 전화를 했어. 그녀는 마야를 데리고 오라고 하네."

아빠와 마야는 둘이서 함께 길을 떠났다. 사실 둘이 함께 여행하는 것 자체가 드문 일이었다. 안전벨트를 매면서(규칙!) 마야는 문득 아빠와 단둘이 이야기한 적이 거의 없었다는 사실을 깨달았다. 엄마 없이 아빠와는 단 한 번도 대화를 나눈 적이 없었다. 이상한 일이다. 그래서인지 두 부녀는 대화할 때마다 싸웠을 정도로 사이가 좋지 않았다. 아니면 반대로 소통이 되지 않아서 사이가 안 좋았던 걸까? 사실 흥미로운 생각이었지만 짜증나는 다른 생각에 의해 덮여 버렸다. 그래서 아빠가 아무 말 하지 않는 건가? 마야가 어디로 가고 있으며, 무슨 일이 일어나고 있는지 알고 싶어한다는 것을 모르는 걸까?

하지만 운전대를 잡은 남자는 늘 그렇듯이 설명하고 싶지 않은 것 같았다. 그렇다. 왜 다른 사람 입장을 생각해야 할까? 마야는 자존심을 버리고 첫 번째 질문을 해야만 했다.

"아빠!" 그녀는 말을 잠깐 멈추었다 물었다. "우리 어디 가는 거야?"

"네가 어렸을 때 오랫동안 아팠던 것 기억나니? 그때 네 나이가 여섯 살 정도였지. 지금의 로비처럼 말이야." 대답 대신 그가 말했다.

그녀는 혼란스러웠다.

"글쎄……. 잘 기억이 나지 않아. 그냥 무언가 무서워서 울었던 기억이 나. 아빠가 날 의사한테 데려 갔잖아. 의사 선생님은 내게 그림이 그려진 카드를 보여주며 같이 놀아 주었어. 그리고 우린 바닷가로 갔어. 그건 기억해."

"잘 들어봐. 네가 여섯 살 때 어떤 일이 있었단다." 그는 도로에서 눈을 떼지 않고 말했다.

4장

 아빠가 말하는 것은 영화처럼, 허구처럼 들렸지 실제 이야기처럼 들리지 않았다. 마야는 얼굴을 찡그렸다. 솔직히 동화나 망상 같은 이야기이다. 하지만 늘 합리적인 설명을 하는 아빠가 이런 말도 안 되는 이야기를 이렇게 진지하게 한다고? 이건 정말로 이상한 일이다.
 "그러니까 나도 로비처럼 침대에서 사라졌는데, 내가 아무것도 알지도 못하고 기억하지도 못한다고? 어떻게 그럴 수 있어? 엄마 아빠는 내가 천연두에 걸렸던 것에 대해 수백 번 이야기해 주었지만, 납치 사건에 대해서는 한 마디도 없었어!"
 아빠가 서둘러 대답했다.
 "유괴 사건이 아니야. 지금도 그렇고. 네 엄마는 지금 일어나고 있는 일을 두려워하고 있어. 엄마는 똑같은 일이 다시 일어나고 있다는 것을 믿고 싶지 않은 거야. 그래서 아이가 악당에게 납치당했고, 경찰이 찾아낼 거라고 생각하는 게 더 편한 거야! 어떻게 말을 해줘야 할 지 모르겠네. 사실 나도 이해할 수 없거든."

아빠는 고개를 저으며 말했다.

마야는 엄마의 심리 상태에 대해 이야기하는 것에 관심을 둘 수 없었다.

그녀에게는 '지금'과 '여기'가 중요했다.

"좋아, 납치는 아니야. 그럼 뭐야?"

남자는 크게 한숨을 쉬었다. 그는 길게 말하는 걸 싫어했는데 이 이야기는 그가 감당하기에 너무 긴 이야기이기 때문이다. 게다가 딸에게 설명하는 것이 두려웠다. 그녀가 어떻게 반응할지 알 수 없었기 때문이다. 아리아나가 다 설명해 줄 거라고 생각했다. 하지만 딸은 그럴 생각이 없었다. 그녀의 성격은 그의 성격처럼 고집이 세기 때문이다.

"그러니까, 가끔은 이런 일이 일어나. 데이터에 의하면 어떤 가족의 경우는 더 자주 일어나지. 내 말을 끊지 말고 끝까지 들어줘, 제발!" 그는 딸을 쳐다보지도 않은 채 손을 펴서 세우며 제지하는 제스처를 취했다. "멀티버스, 즉 평행 세계 그런 이상한 말 알아? 여기 꿈을 통해서 갈 수 있는 다른 세계가 있어. 그곳을 갈 수 있는 방법은 사람마다 조금씩 다르지만 꿈을 통해서만 가능해. 어떻게 설명해야 할까……. 그러니까 어떤 아이는 우연히 그곳으로 들어가서 길을 잃고 자신이 무엇을 하고 있는지 깨닫지 못할 수 있어. 그는 그것이 꿈이라고 생각해. 하지만 거기서 그는 자신이 누구였는지 기억을 못해. 돌아올 수도 없어. 그래서 그 아이를 데리고 나올 가이드를 보내야 돼. 가이드는 언젠가 그곳에 가 본 적이 있는 사람이지." 그는 잠시 말을 멈췄다가 말을 이었다. "그 사람에게는 아직 그곳으로 가는 길이 열려 있어."

적어도 열 가지 질문을 하고 싶었다. 그 중에는 다른 무엇보다 중요한 것이 있었다. 마야는 혼란스러워하며 가장 먼저 떠오른 질문을 하였다.

"'열려 있다'는 걸 어떻게 이해해야 해?"

그는 '어떻게 이해해야 해?'라는 문구를 정말 싫어했다. 이제 막 말을 하려던 참이었다. 그런데 "그렇다면 어떻게 이해해야 해?"라고 묻다니. 아직 말을 제대로 하지도 않았는데 말이다.

"아직 꿈을 꾸고 있는 누군가에게는 문이 열려 있다는 말이지."

"꿈이라고?" 여자아이의 목소리가 속삭임으로 바뀌었다.

"어떤 꿈?"

"사람들마다 달라. 너의 경우는 숲이 나타나지. 어떤 사람은 다리가, 또 어떤 사람은 다른 것이 나타나기도 하지."

"뭐야? 뭐, 몇 년 동안 나를 괴롭혀 온 그 악몽이? 그게 다른 세상에 대한 꿈이라고? 농담하는 거지? 엄마 아빠가 날 데리고 가서 CT를 찍고, 생각만해도 끔찍한 시럽 약을 먹이고 했던 것 말이야? 그러니까 난 정신병자가 아니라는 말이지? 열여섯 살에 이런 놀랄만한 일을 알게 되다니!"

남자는 턱을 한 손으로 만지더니 길가에 차를 세웠다.

"진정해! 아무도 널 정신병자라고 한 적 없어. 우린 그냥 그

남자는 턱을 한 손으로 만지더니 길가에 차를 세웠다.

"진정해! 아무도 널 정신병자라고 한 적 없어. 우린 그냥 그 꿈이 멈추길 바랐을 뿐이야. 네 인생에서 그 기억을 지우고 싶었을 뿐이야!"

꿈이 멈추길 바랐을 뿐이야. 네 인생에서 그 기억을 지우고 싶었을 뿐이야! 모든 걸 그렇게 네 마음대로 생각해 버리면 어떻게 너랑 얘기할 수 있겠어?"

"아니, 잠깐, 잠깐, 잠깐……." 그녀는 정말로 침착하려고 노력했다. 진심으로. "그러니까. 난 거기 간 적이 있고, 지금도 이 공포스러운 장면을 꿈에서 보고 있어. 그러니까 내가 가이드야. 그렇다는 거지?"

아빠가 마지못해 고개를 끄덕였다.

"그래, 알겠어. 그럼 아리아나 그레이는 도대체 누구야?"

"아리아나 그레이는 다른 세상에서 아이를 찾고자 하는 사람들을 도와주는 사람이야. 수 년 동안 가이드 역할을 해왔지만 이제는 할 수 없게 되었어. 그녀가 다 이야기해 줄 테니 조금만 기다려. 아리아나는 이성적이며 합리적인 사람이야."

"응, 그렇지. 이성적이고 합리적인 것이 가장 중요한 것이지. 어떻게 내가 잊을 수 있겠어."

아빠는 그녀의 말을 무시했고 마야는 얼굴을 찌푸리며 물었다.

"그러니까 내가 로비를 데리러 가야 한다는 거야?"

아빠가 갑자기 부드러운 목소리로 말을 했다.

"아니, 꼭 가야 한다는 게 아니야. 그냥 네가 적임자일수도 있다는 이야기이지."

5장

그 여자 점성술사는 텃밭이 있는 작은 집들이 모여 있는 도시 외곽에 살고 있었다. 집집마다 작은 정원이 있었다. 흰 장미가 뒤엉킨 갈색 판자 울타리 옆에서 차가 멈추어 섰다. 대문은 잠겨 있지 않았다. 아빠는 대문을 열었고 두 사람은 타일이 깔린 길을 따라 갔다. 테라스가 있는 단층의 하얀 벽돌집은 멋지고 아늑해 보였다. 초인종을 누르지도 않았는데 발소리만을 듣고 누군가에 의해서 현관문이 열렸다.

마야는 아리아나 그레이가 어떤 사람인지 궁금했다. 챙이 넓은 모자를 쓴 키가 크고 근엄한 여성을 상상했다. 그녀는 날카로우면서 깜빡이지도 않는 눈을 가졌을 것이다. 할리우드 공포 영화 속 주인공처럼 말이다.

하지만 문 앞에는 무성 영화 배우처럼 보이는 할머니가 서 있었다. 크고 표정이 풍부한 갈색 눈, 주홍색 립스틱으로 칠한 하트 모양의 입술, 굵은 웨이브가 있는 짧고 새하얀 머리. 그녀는 작은 꽃이 그려진 심플한 드레스를 입고 있었다. 그녀는 두 사람에게 차례로 손을 내밀며 조용히 그개를 끄덕였다.

거실에는 가구가 많지 않았다. 화려한 무늬가 있는 커버를 씌운 3인용 소파 하나와 1인용 소파 두 개, 티 테이블 그리고 책이 꽂혀 있는 작은 책장이 전부였다. 단순했지만 우아했다. 벽에는 멋진 풍경화 두 장이 걸려 있었다. 여성 취향으로 꾸며져 있었다.

'이 여자가 영혼을 소환할 수 있을까?'라고 생각하며 마야는 원탁을 찾아 보았다.

아리아나는 손님들에게 1인용 소파를 가리키며 앉으라고 했고 자신은 3인용 소파에 앉았다.

"차 마실래요? 아니면 커피 마실래요? 제가 직접 구운 과자도 있어요."

마야는 목구멍에 걸릴 것 같아서 아무것도 안 먹겠다고 했다. 아빠는 그런 제안을 거의 받아들이지 않았기 때문에 이번에도 거절할 것이라고 생각했다. 그리고 그렇게 하였다.

"그렇다면, 이야기를 바로 시작하죠. 이 아이도 알고 있나요?" 심령술사가 남자를 쳐다보았다.

"대충이요."

"좋아요." 그녀가 마야를 바라보았다. "우리가 알아야 할 가장 중요한 것은 네가 원하느냐,야."

"네, 하겠어요. 로비를 되찾고 싶어요."

"그게 제일 중요한 거야. 자, 내 말 잘 들어라. 내가 이야기를 시작할 테니 이해가 안 되거나 더 확실하게 알고 싶은 게 생기면 바로바로 물어봐라. 네 아빠가 그러는데 넌 아직도 꿈을 꾸고 있다고 했다. 그렇지? 그 꿈에 대해서 이야기해 줘."

마야는 고개를 숙였다. 꿈 속으로 들어가고 싶지 않은데 그 말을 억지로 해야만 했기 때문이다.

"저는 숲 가장자리에 서 있어요. 무서운 곳이에요. 나무들이 마치 터널을 만들듯 얽혀 있어요. 그곳으로 가야 한다는 건 알지만 너무 무서워요. 하지만 더 무서운 건 제 뒤에 있는 거예요. 누군가 뛰어오고 있어요. 심장이 두근거려요……. 너무 심하게 두근거려요. 전에는 자면서 비명을 지르곤 했어요. 지금은 소리치지는 않지만 여전히 무서워요."

"그래, 이해한다." 여자는 잠시 말을 멈춘 뒤 다시 말을 이었다. "문제는 네가 지난번에 그곳에 갔을 때 어려움이 많았다는 거야. 넌 겁에 잔뜩 질려 있었지. 그럴 수밖에 없었어. 미안하지만 어쩔 수 없었어."

아리아나가 한숨을 쉬며 말을 이어갔다.

"저쪽 세계로 가려면 그 숲을 통과해야 해. 그래, 무섭다는 거 알아. 하지만 거기가 입구야. 네가 가야만 하는 길이야. 두려움을 극복하고 나뭇가지들로 만들어진 터널로 들어가야 해. 반대편에 도착하면 상황이 180도로 달라질 거야. 어떻게 설명할까? 사람마다 다르게 느낄 수 있어. 하지만 내 생각엔 멋지고 아름다운 곳이야. 도시는 정말 아름다워. 너는 도시로 인도하는 길을 따라 가면 돼. 나머지는 직접 보면 어떻게 해야 하는지 알 거야. 너는 그곳에서 전혀 다르게 보이게 될 거야. 옷도, 머리 모양도……. 거긴 마치 200년 전 시대처럼 보일 거야."

마야는 이해 못했다.

"농부들이 맨발로 다니고 뭐 그런다는 거예요?"

"아니, 아니. 내가 도시로 간다고 했잖아. 그러니까 처음엔 도시로, 그 다음엔 어디로 갈 지 모르겠구. 아마도 시골은 아닐 거야. 네가 알아서 잘 할 거라고 생각해."

마야는 바보처럼 보이고 싶지 않았다. 하지만 더 정확하게 알고 싶었다.

"진짜 우리의 과거인가요?"

"아니, 진짜가 아니야, 잊지 마."

"그러니까 우리나라가 아니라는 거죠?"

"그곳은 어떤 나라도 아니야. 그곳은 존재하지 않는 거야. 우리 세계에는 존재하지 않아."

"언어는요? 제가 이해할 수 있을까요?"

"그럼, 당연히 이해할 수 있어. 네 꿈이잖아. 흥미진진한 모험 같은……." 아리아나가 잠시 말을 멈추고 마야의 손을 잡았다. "하지만 정말 조심해야 해. 예의 바르게 말하고, 가능하면 입을 다물고 있는 게 좋아. 현대어도 쓰지 말고. 주의를 끌지 마, 알겠어? 어떤 상황에서도 다른 사람이 너를…… 그러니까 네가 그들과는 다르다는 것을 알아차리게 해서는 안 돼."

"그들이 알게 되면 어떻게 되죠?"

"좋은 질문이다." 여자는 한숨을 쉬며 반복해서 말을 했다.

"알게 되면 어떻게 되냐고? 우리 같은 사람들은 마녀, 마법사,

악의 세력 등으로 간주되지. 자세한 이야기는 하고 싶지 않구나. 중요한 것은 그것이 얼마나 위험한 일인지 네가 알아야 한다는 거야. 즉, 우리가 죽기를 원하는 사람들이 있다는 거지."

"죽는다니요? 잘못도 없는데 죽인다고요?"

"다 말해줄 테니 잘 들어. 그곳에는 자신들이 수비대라고 생각하는 사람들이 있어. 그들은 도시에 온 낯선 사람들 모두를 감시하지. 그들은 우리를 찾는단다. 마야, 그러니 다시 한번 이야기하는데 정말 조심해야 한다. 네 동생은 지금 자신에 대해 아무것도 기억하지 못해. 그곳에 처음 간 사람들은 모두 그렇거든. 넌 가이드이니까 정확히 3박 4일 동안은 모든 걸 기억할 거야. 그러고 나면 너도 기억을 잃게 돼. 자신이 누구인지도 잊게 되지. 어떻게 그곳에 도착했는지도 잊게 되고. 돌아오는 길도 찾을 수 없게 돼. 알겠어? 네겐 사흘 밤과 사흘 낮이 주어져. 그 안에 로비와 함께 돌아오지 못하면 둘 다 거기 남는 거야."

"영원히요?" 마야가 겁을 먹고 물었다.

"모르겠어. 널 찾으러 갈 수 있는 사람을 빨리 찾기는 힘들 거야. 이제 표식에 대해 말해보자. 경계를 넘은 사람에게는 서서히 표식이 나타나. 왼쪽 손, 바로 여기." 그녀가 팔꿈치 위에 손가락으로 선을 그었다. "처음에는 거의 보이지 않아. 하지만 셋째 날 저녁이 되면 뚜렷해지지. 소매를 올리면 누구나 볼 수 있어. 그렇게 되면 더 이상 그곳에 머무르는 것은 위험하지. 우릴 찾을 수 있는 표시이니까. 그곳에서 죽을 수도 있다는 거야."

마야는 머릿속으로 모든 것을 정리하려고 했다. 그녀는 항상 병적으로 정리를 하였다.

"수첩이 있나요? 아무것도 잊지 않게 적어두게요."

"적을 필요 없어. 기억할 게 그렇게 많지 않거든." 아리아나가 말했다.

"중요한 건 네가 준비가 되었느냐 아니냐, 야. 네 동생은 큰 위험에 처해있어. 하지만 네가 원하지 않으면, 난 충분히 널 이해해, 당장 로비를 데려올 다른 사람을 찾아 볼게. 결심이 섰다면 어떻게 해야 하는지 정확히 알려 줄게."

여자는 여전히 말을 하고 있었고 마야의 눈앞에 로비가 보였다. 그는 조립 키트로 만든 새로운 우주선을 가지고 놀고 있기도 하고, 목욕 후에 젖은 머리로 재미있는 헤어스타일을 만들기도 하였다.

"이미 가겠다고 이야기했잖아요."

"좋아. 중요한 건 그거야. 그럼 네가 뭘 해야 하는지 정확히 말해 줄게. 넌 똑똑한 아이니까 위험하다는 얘기를 계속하지는 않을 거야. 너 정말 제대로 이해한 거지? 그곳에서는 아무도 믿지 말아. 누구든지, 모두가 너를 수비대에게 신고할 수 있다는 것을 명심해. 이상한 말, 이상한 행동을 하지 마. 마야, 그리고 이건 아주 중요한 것인데 네가 믿을 수 있는 사람은 단 한 명뿐이야. 나중에 이야기해 줄게……. 한 가지 분명한 건 로비를 최대한 빨리 찾아서 그곳을 빠져나와야 한다는 거야. 그렇지 않으면 잡혀서 화형을 당할 수도 있어. 아니면 그들 법에 따라 화를 당할 수 있어. 알겠지?"

"그럼 이제 밤이 될 때까지 기다려야 하나요? 잠을 자야지 그곳에 갈 수 있으니 말이에요."

"아니, 밤까지 기다릴 필요 없어. 지금 바로 잠을 자서 숲으로 들어가야 해. 어떻게 하든 네가 그곳에 도착을 하는 시간은 이른 아침이 될 거야. 항상 그런 식이지. 그래서 길 잃은 아이보다 가이드는 아무리 빨라도 24시간 늦게 가게 돼."

"꿈을 꾸지 않으면 어떻게 되나요? 제가 매일 밤 그 꿈을 꾸는 것도 아니잖아요. 그러면 난 미쳐버릴 수도 있어요."

"그냥 그곳을 생각만 해. 그러면 꿈에 나타날 거야. 게다가 지금 너는 특히 감수성이 예민한 시기야. 항상 그런 것은 아니지만 이것은 유전되는 경우가 드물지 않아. 또 물어보고 싶은 게 있어?"

그녀는 생각했다. 다 물어봐야 할 것 같지만 아무것도 떠오르지 않았다. '이런 멍청한 년! 나중에 왜 그건 안 물어봤는지 후회하게 될 거야.' 유일하게 머리에 떠오른 것이 있었다.

"어떻게 저를 거기서 구해 오셨나요? 저한테 무슨 일이 있었던 거죠?" 아빠는 긴장한 모습으로 소파에서 일어나 아리아나 대신 대답했다.

"그건 중요한 게 아니야, 마야. 난 네가 기억하지 않았으면 좋겠어. 그래서 네게 무슨 일이 있었는지 말하지 않은 거야. 너는 그때 너무 놀라서 오랫동안 앓아 누웠어. 지금 다시 그 얘기를 꺼낼 필요는 없어."

마야는 더이상 참을 수가 없었다. 그녀는 낯선 여자 앞에서 차분하게 있으려고 했지만 그럴 수 없었다.

"그 얘기를 꺼내지 말라니, 무슨 말이야? 매일 밤 내가 비명을 지르는 거 들었잖아! 설명해 줄 수 없다고? 설명을 해 줬다면 그렇게 무서워하지 않았을지도 몰라."

그는 실의에 빠져서 고개를 돌렸다. 그러자 아리아나가 대신 대답했다.

"설명하지 않는 게 더 나았어. 네 아빠는 널 보호하려고 그런 거야, 모르겠니? 아이에게 그 이야기를 하면 안 돼. 무슨 일이 있었는지 알았다면 너는 어떻게 살았을까? 아이들은 보통 금방 잊어버려. 넌 예외야. 그러니까……."

아빠가 그녀의 말을 가로 막았다.

"아리아나, 당신이 할 수 있는 말은 다 한 것 같아요. 다른 것들은 집에 가는 차 안에서 제가 다 이야기 해 줄게요."

벨트를 채우는 소리가 딸깍하고 났다. 아빠는 딸을 힐끔 쳐다보았다. 그녀는 자동으로 다리를 위로 끌어올렸다. 이제 아빠가 '똑바로 앉아……. 그렇지 않으면 넘어져…….'라고 말할 차례인데 대신 그는 부드러운 말투로 다른 사람처럼 말을 했다.

"아주 조심해야 한다. 말과 행동 모두 조심해야 해. 그곳 사람들은 아주 조심성이 많아. 그리고 우리를 두려워해……. 말투를 조심해야 해. 그곳 사람들은 '씨, 부인'이란 말을 하지만 '멍청하게 굴지 마' 같은 말은 안 해. 그래 옷! 네가 항상 입는 청바지는 그곳에 없어. 드레스를 입게 될 거야. 여성스럽게 굴어야 해. 그리고 머리도……."

"머리는 뭐?" 그녀는 사납게 머리를 만졌다.

"넌 거기서 네 머리 모양을 할 수 있을 것 같아? 내 생각에 머리가 더 길어질 거야. 그리고 제발 부탁인데 1분 1초도 지체하지 말고 최대한 빨리 돌아와. 동생을 찾으면 바로 돌아와!"

누가 이걸 믿을 수 있을까? 그녀에게는 다시 한번 이것이 자신을 속이는 것이라는 생각이 들었다. 아빠의 멘탈이 무너져서, 그러니까 스트레스로 무너져서 이러는 거 아닐까? 그 할머니도 마찬가지로 말이야. 마야는 한숨을 쉬었다.

"그러면, 난 뒷좌석에서 잠을 자도록 시도해 볼까? 기다릴 필요 뭐 있어? 빨리 시작해서 빨리 끝내야지."

아빠는 마야를 이상하게 바라봤다. 무서워하는 거야? 말도 안 돼!

"지금 당장 시작하고 싶은 거야?"

그녀는 어깨를 으쓱하며 고개를 끄덕였다.

그러자 그가 주먹으로 핸들을 온 힘을 다해서 내리쳤다. 마야는 깜짝 놀라서 펄쩍 뛰었고 그는 신음소리를 냈다.

"젠장! 왜 내가 직접 할 수 없는 거지?"

그제서야 그녀는 깨달았다.

"아빠도 그곳을 갔었어? 그렇지. 아빠도 거기 갔었어."

"그래, 그랬지. 하지만 그 이후로 그 빌어먹을 꿈을 꾸지 못했어. 내 길은 닫혔어."

6장

이제 그녀는 소리를 지르지 않을 것이다. 앞으로 한 발짝씩 내딛으면 된다. 그렇다 한 걸음씩 앞으로 가는 거다. 한 걸음, 한 걸음…….

머리 위의 나뭇잎은 전에는 검은색이었지만 지금은 황금빛으로 변했다. 이상하게 생긴 나뭇가지들이 구부러지고 교차하고 여기저기 나뭇가지들이 튀어나와 있었다. 그 틈새로 하늘이 조금 보였는데 하늘색이 아니라 동트기 전처럼 회색의 흐린 하늘이었다. 나무 뿌리가 발 아래에서 걸렸다. 마야는 넘어지지 않으려고 애쓰면서 점점 더 빨리 걸었다.

그녀는 거의 패닉 상태에 가까웠고 그곳에서 너무나도 도망치고 싶었다. 이상할 정도로 고요하였다. 귀를 솜으로 막은 것은 아닌가 하고 느낄 정도였다. '숨 쉬어, 숨 쉬어!' 그녀는 스스로에게 계속 재촉했다. 마침내 희미한 빛이 앞에 보였다. 빨리, 빨리. 그녀는 앞으로 달려나갔고, 숲은 그녀를 놓아주지 않으려고 했다. 하지만 이제 거의 다 왔다……. 앞쪽에 먼지가 쌓인

시골길이 보인다. 한쪽에는 숲, 다른 쪽에는 들판. 그리고 정면에 아치 형태의 문이 보였다. 그러니까 저쪽으로 가야 한다. 아침이었다. 희끄무레하고 그다지 밝지는 않았지만 아침이었다. 몇 걸음 더 걸었는데 뭔가 이상하다는 느낌이 들었다. 다리가 이상하게 부자연스러워졌다.

긴 드레스 자락 때문에 빨리 걸을 수가 없었던 것이다. 만약을 대비해 길에서 나와야만 했다. 비록 지금은 아무도 없지만 길에서 만나게 될 사람들에게 드레스 소매를 쳐다보고 다리를 만지며 구두 굽을 쳐다보고 있는 모습을 보여줄 수는 없었다.

그러니까 상황은 이랬다. 그녀는 부드럽지만 두꺼운 천으로 만든 진한 녹색의 화려한 드레스를 입고 있었다. 소매는 윗부분이 부풀어 올라 있었고, 팔꿈치 아랫부분은 수많은 작은 단추들을 채운 천이 팔을 감싸고 있었다. 매일 아침 이런 일을 하다니! 허리는! 코르셋을 입은 것 같다. 마야는 자신의 몸을 더듬으며 그 어느때보다도 놀라지 않을 수 없었다. '내가 이렇게 말랐다고!' 하지만 솔직히 느낌은 마음에 들지 않았다. 좀 조이는 느낌이었다. 끈을 조금 느슨하게 해도 되었을 것 같았다. 그러니까……. 허리가 한 줌밖에 되지 않을 것 같은 느낌이다. 아니, 그래도 한줌 이상은 될 것이다. 하지만…….

이 화려한 드레스 위로 망토가 덮여 있었다. 망토는 마찬가지로 녹색이지만 좀 더 짙은 색이었다. 아마도 빨간 머리를 가진 사람들이 옷을 입는 전통인 것 같다. 그리고 망토에는 후드가 달려 있었다. 다행이다. 어떻게든 몸을 숨겨야 하므로 그녀는 후드를 머리 위로 덮었다. 발에는 굽이 낮고 부드럽고 편한 가죽 부츠가 신겨져 있었다.

그리고 마지막으로 한 가지 더 있다. 그녀의 손목에는 외출용 백처럼 생긴 파우치가 매달려 있었다. 안에 뭐가 있나? 오, 감사합니다! 자수가 있는 손수건, 빗, 거울(다시 한번 감사드립니다. 내가 어떻게 생겼는지 너무 보고 싶었는데!) 그리고……. 지갑이 들어있었다. 놀랍게도 그 안에는 돈이 있었다. 금화 10개 그리고 아마도 구리로 만든 것 같은 작은 동전 몇 개가 들어 있었다.

마야는 재빨리 작은 손거울을 꺼냈다. 맙소사, 머리 모양이! 뒷모습을 볼 수는 없었지만 복잡한 머리 모양을 만들어 핀으로 고정시킨 것이 보였다. 앞쪽 머리는 이마가 드러나게 정돈되어 있었다. 카메라를 가져올 수 있었다면 좋았을 텐데! 폴리나가 휴대폰을 가져왔다면 댓글을 신나게 달았을 거야. 하지만 이 아름다움이 얼마나 오래 지속될 수 있을까? 짧은 머리였으면 더 좋았을 텐데.

"태워 드릴까요, 아가씨? 왜 길가에 서서 그렇게 혼란스러운 표정을 짓고 있나요?"

정말로 아가씨는 혼란스러워하고 있었다. 마차를 탄 낯선 아저씨. 그러니까 이건 낯선 사람의 차에 앉는 거나 마찬가지일 거다. 어쨌든 마야는 작은 소리로 중얼거렸다.

"고맙지만 됐어요. 날씨도 좋고 하니 혼자 걸을 게요."

남자가 비웃었다.

"그럼 그렇게 하세요!"

그리고 말에게 채찍질을 했다.

갈 길이 그리 멀지 않았다. 얼마 지나지 않아서 도시로 들어가는 아치가 나타났다.

도시는 그녀의 마음에 들었다. 단층의 집들은 담쟁이덩굴이나 포도덩굴로 덮여 있고 지붕은 밝은 색의 기와가 올려져 있었다. 조약돌이 박혀 있는 중앙로에는 말발굽 소리가 울려 퍼졌다. ('조심해요, 아가씨, 다쳐요!') 길거리에 꽃을 진열한 꽃집이 있으며 미용실 근처에서는 곱슬머리 소년(이발사인 것 같았다.)이 이발과 면도를 해준다고 손님들을 부르고 있었다.

아리아나가 말한 바로 그곳에 〈마르타의 식당〉이 있었다. 제과점 뒤쪽에서 조금 오른쪽으로 길을 따라 가니 그곳에 있었다. 꽤 잘 지은 2층 건물이었다. 갈색 기와를 얹은 뾰족한 지붕을 가지고 있었다. 육중한 나무 문 위에는 화려한 글씨체의 간판이 걸려 있었다. 그리고 바로 그 위에는 '방 세 놓음'이라고 적혀 있었다.

'방이 있다고! 잘 되었네. 아니야, 내게 방이 필요하지 않는 게 더 좋아.'

마야는 무거운 문에 달린 구리로 만든 고리를 당기면서 이렇게 생각을 시작하였지만 생각을 끝낼 수 없었다. 왜냐하면 무언가가 문 밖으로 빠른 속도로 튀어나와 그녀의 무릎을 세게 때렸기 때문이다.

"아야!" 마야는 심한 말이 나오지 않게 잘 참았다.

"오오오오오……." 이 무언가는 빨간 모자를 쓰고 빨간 망토를 걸친 6~7살 정도의 어린아이였다. 아이는 크고 맑은 회색 눈으로 마야를 올려다보며 천천히 옆으로 한 발짝, 그리고 또 한 발짝 내디뎠다. "그러고 싶지 않았어요……. 미안해요……."

아이 뒤를 따라서 마야보다 조금 나이가 많은 것 같은 키 큰 남자가 파란색 재킷의 단추를 채우며 밖으로 나왔다. 상황을 재빨리 판단한 그는 엄한 목소리로 물었다.

"무슨 일을 저지른 거냐, 티나?"

여자아이는 곧 울 것 같은 표정을 지었다. 그녀의 등 뒤에서 천 가방의 손잡이가 보였다.

"난 그냥 나왔어."

"그래, 그냥 나왔네." 그가 웃으며 말했다. "애가 아가씨를 다치게 했나요?"

그는 잘 생겼다. 금발에 여자아이와 같은 연한 회색 눈을 가졌다. 약간 날카로우면서도 큰 이목구비를 가지고 있었다. 잡지 책 표지에 나올 듯한 그런 얼굴이지만 그는 자신이 잘 생겼다고 생각하지 않는 것 같았다. 그는 말을 돌리지 않고 직설적이며 자연스럽게 말했다.

"아뇨, 괜찮아요, 전 그냥……."

마야가 서둘러 대답했다.

"빅터 오빠, 난 갈래, 괜찮지? 기다리는 사람들이 있어!"

꼬마가 조용하지만 자신감 있는 목소리로 말했다.

길 모퉁이에 비슷하게 참을성 없어 보이는 두 아이가 자루를 손에 들고 있었다.

"그래, 어서 가. 조심하고."

청년이 허락했다.

친구들에게 뛰어가는 여자아이를 눈으로 쫓은 뒤 그가 돌아섰다.

"쟤가 아가씨를 다치게 한 것 같네요. 죄송합니다. 항상 이래요. 쟤는 걷는 법이 없어요. 뛰어서만 다녀요."

"아뇨, 전 괜찮아요. 전 마르타 필리를 찾고 있어요." 그녀는 잠시 생각을 한 후 말을 덧붙였다. "그러니까, 마르타 필리 부인이요."

'이렇게 하면 되나? 아닌가? 이렇게 이야기하는 게 맞을 거야.' 머릿속에서 맴돌았다.

청년은 그녀를 뚫어지게 바라보더니 다시 미소를 지었다.

"그렇군요. 그럼 같이 가시죠. 우린 아직 문을 열지 않았어요. 하지만 그쪽에게 차를 대접할 수는 있을 거예요."

그는 무거운 문을 다시 열고 그녀를 들여보냈다.

"앉으세요. 엄마!" 그가 소리쳤다. "잠깐만요, 금방 엄마가 나올 거예요."

그는 잠시 동안 옆에 서 있었지만 침묵이 길어지자 어깨를 으쓱하며 문 하나를 열고 사라졌다. 좀 어색하였는데 잘 되었다고 생각하였다.

마야는 주위를 둘러보았다. 아무리 고풍스러운 스타일로 꾸며도 이 거실에서 느껴지는 이 분위기를 전달하지 못할 것 같았다. 어두운 색 나무로 만든 육중한 의자. 앞쪽에는 마찬가지의 나무로 만든 카운터가 있었다. 동물 발 모양의 다리가 달려 있는 거대한 테이블은 흰색 테이블보로 덮여 있었다. 그 위에는 화려한 라일락 꽃과 노란색 꽃들이 그려져 있는 세라믹 꽃병이 놓여 있었다. 거실 한쪽 구석에는 큰 벽난로가 있었다. 아마도 벽난로에 불이 켜져 있다면 이곳은 아주 아늑할 것 같았다. 벽에는 그림이 아니라 판화가 걸려 있었다. 진짜 오래된 판화. 마야는 미술관에서 이런 것을 본 적 있었다. 마야는 가까이 다가가서 보았다.

"정말 아름답지 않나요? 남편의 작품이에요. 4년 전에 죽었죠."

7장

 뒤를 돌아보니 한 여자가 서 있었다. 키가 작고 동그란 얼굴에 검은색 드레스와 흰색 앞치마를 입은 여자였다. 머리에는 하얀 레이스가 달린 실내모를 쓰고 있었다. 이 모든 것이 마치 네덜란드 미술가의 그림 속에서 방금 튀어나온 것 같았다.

 서로 인사를 한 후 두 사람은 테이블에 마주 앉았다. 마야가 망토를 벗었다.

 "아리아나 그레이가 당신을 찾으라고 했어요."

 마야가 상대방의 얼굴을 살펴보며 말했다.

 그녀는 미소를 지었다.

 "네, 저도 그럴 것이라고 생각했어요. 그녀는 건강한가요?"

 "건강하세요, 아마도. 그녀는 당신을 믿을 수 있다고 했어요."

 "그녀가 나를 믿는 것처럼 아가씨도 나를 믿을 수 있어요. 제가 그녀에게 신세를 많이 졌거든요. 그러니까 내가 할 수 있는 건 다 해 줄게요."

 "남동생을 찾고 있어요. 어제 여기로 왔을 거예요. 여섯 살이고 금발에 파란 눈을 가졌어요. 길을 잃은 것 같아요."

마르타가 천천히 고개를 끄덕였다.

"그렇군요. 솔직히 말해서 어제 그렇게 생각했어요……. 경찰서장 프랭크 슐은 우리 집에 와서 점심을 먹죠. 그런데 어제 한 아이와 함께 왔어요. 길에서 발견했다고 했어요. 아이는 아무 말도 하지 않았어요. 금발에 파란 눈이었죠. 그 아이를 아는 사람을 찾을 때까지 경찰서에서 보호할 거라고 했어요. 프랭크 서장이 아이를 잘 돌봐 줄 거예요. 그는 좀 거칠긴 하지만 좋은 사람이거든요."

마야는 재빨리 일어섰다. 와, 이렇게 쉽게 찾다니…….

"경찰서가 어디 있죠? 지금 당장 데리러 가면 안 되나요?"

마르타는 벽시계를 힐끗 쳐다보았다.

"프랭크 서장이 없다면 그들은 아무런 행동도 하지 않을 거예요. 그는 한 시간 뒤에 경찰서에 갈 거예요. 그러니 지금은 차를 마셔요. 좀 있다가 빅터가 아가씨를 경찰서까지 데려다 줄 거예요. 서로 인사를 했죠?"

정작 마르타는 차를 마시지 않고, 카운터로 가서 냄비를 반짝이도록 닦았다. 그녀는 남편이 죽은 후 아이들과 함께 살고 있다고 하였다. 빅터는 열일곱 살이며 티나는 여섯 살이다. 혼자서 가게를 운영하는 것이 힘들지만 아들이 최대한 많이 도와주었다고 하였다. 그러다가 그녀가 한숨을 쉬었다.

마야는 차 값을 지불하고 싶었지만 그녀는 고개를 절레절레 흔들며 거절했다.

"내가 대접한 거예요."

마침내 빅터가 들어왔고 마르타가 인사를 시켜 주었다.

"여기가 방금 말씀드렸던 제 아들 빅터예요. 빅터, 이 아가씨는 남동생을 찾으러 왔단다. 이름은 마야라고 한단다. 어제 슐 씨가 데려온 소년 기억하지? 그 애가 바로 동생이야, 길을 잃은 거야. 마야와 함께 경찰서에 가서 그 아이를 데려오렴."

모든 게 너무 이상한 느낌이었다. 지금 로비를 데리고 오면 다 끝이라고? 둘이 집으로 돌아간다고? 뭔가 문제가 있는 것은 아닐까? 위험하니 뭐니 하고 겁을 잔뜩 줬는데……. 아빠는 과장되게 말하는 것을 좋아한다. 하지만 마야를 불안하게 만드는 무언가가 있었다. 마야는 걱정이 점점 커졌다. 마르타가 말했을 때 빅터는 이미 문을 향해 한 발짝 다가섰다.

"빅터, 조심하거라. 마야를 혼자 두지 말아라. 그리고 아가씨는 후드를 쓰는 게 좋겠어요."

"왜 그렇게 해야죠?"

"별거 아니예요. 혹시나 해서 그러는 거예요."

마르타는 그들을 배웅한 후 식탁에 앉았다.

남편이 죽었을 때 빅터는 열세 살이었고 크리스티나(티나)는 두 살도 안 된 갓난아기였다. 예기치 않게 일어난 일이었다. 남편은 훌륭한 목수였고 커다란 집을 짓는 일을 하고 있었다. 그런데 사고가 났다. 마르타는 순식간에 두 아이를 품에 안은 채 홀로 남겨졌다. 지금까지도 그녀는 그날 일어났던 일을 잊을 수가 없다. 불행이 그녀의 집에 찾아온 이후 그녀의 삶은 더

욱더 힘들어졌다.

젊었을 때 마르타는 선술집 주방에서 일을 한 적이 있었다. 하지만 그렇게 오래 일을 한 것은 아니었다. 얼마 지나지 않아서 바로 결혼을 했기 때문이다. 남편은 돈을 잘 벌었고 그녀는 일자리를 찾을 필요가 없었다. 게다가 그들은 유산으로 멋진 집을 물려받았다. 마르타는 가정주부로서 퇴근한 남편에게 맛있는 저녁 식사를 해주고, 집을 청소하고 아이들을 키우며 행복하게 지냈다. 그녀는 충분한 돈을 가지고 있었고 비상시를 대비해서 약간의 돈을 저축하기도 했다. 그런데 이제 그녀에게는 아무것도 없었다. 그녀가 저축한 돈으로 3개월은 버틸 수 있었지만 그 이후는 어떻게 될지 알 수 없었다. 그녀의 부모님은 이미 오래전에 돌아가셨다. 남편의 친구들이 아이들을 위해 얼마의 돈을 모아주었기 때문에 마르타는 그들에게 더 무엇을 부탁할 수 없었다.

그녀는 공포에 질린 채 잠이 들곤 하였다. 잠에서 깨어나면 아무것도 생각나지 않는 아주 짧은 시간 침착할 수 있었다. 하지만 곧바로 절망과 두려움이 다시 찾아왔다.

아리아나 그레이를 만난 날은 두 부분으로 나뉘어 기억에 남았다. 첫 번째 기억은 검은색이었다. 두 번째는 밝은 희망으로 빛나는 태양이었다. 마르타는 어린 크리스티나를 데리고 시장에 갔다. 그녀는 빈 바구니를 들고 아이의 손을 잡고 걸어갔다. 모든 것이 너무 비쌌기 때문에 바구니를 채울 수 없었다. 마르타는 값이 싸다면 흠집이 난 과일이나 상하기 직전의 채소도 주저하지 않고 사려고 했다. 어차피 잘라내고 먹으면 차이가 없을 거라고 생각하였다. 하지만 그녀는 그 마저도 적당한 가격의 물건을 찾지 못했다.

그런데 복숭아 좌판 앞에서 크리스티나가 징징대기 시작했다. 아이는 옹알이를 한 지 얼마 되지도 않았는데 '복숭아 사줘!'라고 똑똑하게 말했다. 하지만 복숭아는 매우 비쌌다. 남편이 살아있었을 때 아이들에게 가장 좋은 과일만을 사주었던 것이 아이들의 입맛을 망쳐 놓은 것이다. 복숭아를 사면 일주일 내내 배를 곯아야 했다. 돈이 거의 남아있지 않았기 때문이다.

마르타는 이미 사흘 동안 거의 아무것도 먹지 못했다. 그녀는 자신과 아이들의 미래에 대해 너무 걱정되어서 한 입도 먹을 수 없었다. 그녀는 다음에 무엇을 해야 할지 전혀 몰랐다. 그러니 당연히 복숭아를 사서는 안 된다!

"사 줘어어어!" 아이가 목이 터져라 소리를 지르며 엄마 품에 안긴 채 물고기처럼 퍼덕대었다. 아이를 바닥에 내려놓아야 했다. 사람들이 사방에서 그들을 쳐다보았다. 몇몇은 고개를 절레절레 흔들었다.

"복숭아 하나만 주세요."

마르타는 더 이상 견딜 수 없었다.

"하나라고요?"

상인이 그녀를 멸시하듯 쳐다보았다.

"두 개!" 티나가 손가락 두 개를 펴며 말했다. "빅터 오빠에게도 줘야지."

"두 개라고요?" 상인은 빙그레 웃으며 고개를 끄덕였다. "한

개 반이나 두 개 반은 어떤가요?"

그녀는 그가 비아냥거리는 것을 보고 너무나 창피했다. 다음에 무슨 일이 일어났는지 그녀는 기억을 할 수 없었다. 주변의 모든 것이 둥둥 떠있는 것 같았다. 그녀는 겁에 질린 딸의 얼굴만 간신히 알아볼 수 있었고 다시 잠이 든 것처럼 어둠 속으로 빠져들었다.

그녀가 잠깐 정신을 차렸을 때에는 의사가 그녀 옆에 서서 누군가에게 무언가를 말하고 있었다. 그리고 다시 정신이 들었을 때에 그녀는 집에 있었고 자신의 방 침대에 누워 있었다. 조용했다. 티나는 어디 있지? 마르타는 벌떡 일어섰다. 그러자 머리가 핑 돌았다. 그녀는 비틀거리며 문으로 다가가 밖을 내다보았다. 부엌에서 사람 목소리가 들려오고 있었다. 티나가 조잘거리고 있었으며 성인 여성의 차분한 목소리가 대답을 하고 있었다. 마르타는 귀를 기울였다.

"괜찮을 거야. 엄마는 너무 피곤한 거야. 의사가 잠을 자야 한다고 했어. 엄마가 깨어나면 같이 먹게 저녁을 준비하자. 어때?"

"응, 엄마가 좋아할까?"

"그럼, 좋아하고 말고. 스프를 끓여 놨어. 엄마는 기운을 내야 하거든."

마르타가 부엌으로 나왔다. 티나는 큰 복숭아 세 개가 담긴 그릇을 앞에 두고 식탁에 앉아 있었다. 채소 삶는 냄새가 기분 좋게 났다. 낯선 여자가 숟가락으로 냄비 속 국물을 저은 후 그녀를 향해 친근한 표정을 지었다. 마르타가 아리아나를 처음 본 순간이었다. 자신의 엄마와 아리아나가 매우 닮았다고 생각했다.

그 다음에 일어난 일은 마치 책 속에나 있는 것처럼 마르타에게 비현실적인 것 같았다. 정말 사실이었을까? 내가 이 모든 일을 해냈단 말인가? 정말 내게 일어난 일이었던가? 그렇다. 하지만 만약 아리아나가 없었다면……

그날 아리아나는 저녁까지 그들과 함께 있었다. 아이들은 잠들었고 두 여자는 식탁에 마주 앉았다. 마르타는 눈물을 닦으며 있는 그대로 이야기했다. 그녀는 그 여자가 자신의 머리를 쓰다듬으며 '오, 가엾어라!'라고 말할 것이라고 예상했다. 하지만 전혀 아니었다. 아리아나가 물었다.

"마르타, 당신이 할 줄 아는 게 무엇인가요? 가장 잘하는 게 뭐죠? 무엇을 좋아하세요?"

마르타는 생각해봤다. 아무도 그녀에게 그런 질문을 한 적이 없던 이상한 질문이었다. 그녀는 부엌에서 일하는 것을 좋아했다. 그녀는 복잡한 레시피를 찾아 가족에게 생선 구이나 쿼드러플 치즈 파이 같은 것을 만들어주는 것을 좋아했다.

"전 요리를 좋아해요."

"정말 좋아하시나요? 그리고 맛있게 잘 만드나요?"

"네." 마르타는 살짝 미소를 띠며 말했다. "겸손하게 들리지는 않겠지만 사실이에요. 남편은 매우 자랑스러워했고, 친구들을 초대해 저녁 식사를 하는 것을 좋아했어요. 젊었을 때 잠깐 선술집에서 일한 적이 있어요."

"그럼 식당을 열 수 있을 것 같네요."

"제가요? 식당이라고요? 하지만 방법을 몰라요. 어떻게 해야 하는지 몰라요."

"내가 도와줄 테니 겁내지 마세요. 한 가지 문제가 있어요. 저는 내일 떠나야 해요. 하지만 곧 돌아올 거예요. 며칠 안에 돌아올 게요. 약속해요. 엉뚱한 생각하지 말고 기다려요, 알겠죠?"

아리아나는 그렇게 그들 집에 오기 시작했다. 올 때 마다 항상 사흘 동안만 머물렀고 더 이상 머물지 않았다.

마르타는 식당에서 직접 요리하고 싶었다. 그렇게 하면 비용이 덜 들테니 말이다. 하지만 아리아나는 그녀에게 도와줄 사람을 구하라고 설득했다.

"혼자서는 할 수 없어요. 설거지를 도와줄 사람이 필요해요!"

그들은 넓은 식당에 테이블들을 설치하여 손님들을 받을 수 있도록 만들었다. 카운터와 테이블, 의자들은 남편의 오랜 친구가 실비만 받고 만들어 주었다. 그는 처음에는 돈을 받지 않으려고 했다. 하지만 그녀는 자신이 줄 수 있는 만큼은 줘야 한다고 하였다(요즘도 그는 주말에 가족과 함께 저녁 식사를 위해 그녀의 집으로 오곤 한다). 커튼과 식탁보를 꿰매고 그릇을 사는 등 모든 것이 거의 준비되었지만 마르타는 손님이 올 거라고 믿을 수 없었다. 그녀는 어떻게 감히 그런 일을 할 수 있었는지 궁금해하며 두려움에 떨었다. 여자 혼자서! 게다가 아이 둘을 둔 과부가!

"다 잘 될 거예요."

아리아나가 말했다.

그녀는 두 개의 간판을 주문했다. 하나는 정면에 "마르타의 식당"이라고 적혀 있었다. 두 번째는 특별했다. 일주일 후에 마을에서 큰 박람회가 열릴 예정이었는데 마르타는 시장 주인에게 나중에 돈을 주기로 하고 두 번째 간판을 시장 입구에 달기로 했다. 그 간판에는 '마르타의 가정식 식사. 로스트비프 10그로셴, 수프 7그로셴. 레모네이드는 서비스로 드립니다.'라고 적혀 있었다. 서비스라니 말이 안 돼요! 마르타는 이해하지 못했다. '아무도 그렇게 하지 않아요! 공짜로 주면 전 파산할 거예요!' 아리아나는 그냥 웃었다.

개업 전날 밤새 마르타는 잠에서 깨어 뒤척이다가 일어나 방안을 돌아다녔다. 그녀는 자신이 벌인 일이 무서워졌다. 그녀는 이웃에게 금화 백 개를 빌렸고 월말에 갚기로 약속했다. 그녀는 걱정스러워하며 고개를 저었다. 아는 사람들은 모두 그녀가 미쳤다고 생각했다. 오직 아리아나만이 다 괜찮을 것이라고 말했다.

그들은 박람회 시작 전날 식당을 열었다. 손님들이 너무 많아서 마르타의 머리가 빙빙 돌았다. 그녀는 빅터와 함께 홀을 뛰어다니며 주문한 음식을 서빙했다.

날은 더웠고 마르타의 무료 레모네이드가 곧 마을의 화제가 되었다. 길가 선술집 주인은 침을 뱉고 새 식당 주인을 욕하며 서서히 망할 것이라고 저주했다.

하지만 아니었다. 주방에 있던 여자아이는 간신히 설거지를 해 대었다. 사람들은 대부분 외지에서 온 사람들이었다. 대도시인 이곳에는 항상 낯선 사람들이 많았다. 시끄러운 고함 소리, 소음. 어떻게 시간이 흘러 가는지 몰랐다! 사람들은 식사가 훌륭하다고 칭찬했다. 한 번 방문한 사람들은 한결같이 지인들을 데리고 다시 왔다.

일주일 후, 그녀는 이웃에게 진 빚을 갚았다. 사람들은 마르타에게 하룻밤 묵을 수 있는지 물어보기 시작했다. 마르타는 위층에 방을 준비해서 빌려주었다. 그리고 방 하나는 아리아나를 위해 만들어 놓았다.

어느 날 마르타가 노크도 없이 그녀의 방에 들어 갔다. 차를 같이 마시자고 하려고 했다. 그때 아리아나는 옷을 갈아입고 있었고, 마르타는 그녀의 손에 있는 표식을 보았다. 길을 잃은 아이를 구할 사람만이 경계를 넘을 수 있다고 아리아나는 말했다. 하지만 그녀는 규칙을 어긴 사람이 되었다. 마르타와 그녀의 아이들을 위해서. 그리고 어느 날 그녀는 이제 모든 것이 끝났다고 하였다. 그녀는 여러 가지 이유로 그녀에게 길이 닫힐 수 있다고 말했다. 그리고 아리아나는 더 이상 오지 않았다. 서로를 본 지 얼마나 됐을까? 그렇다. 정말 오래 되었다.

가끔 그녀가 보낸 다른 사람들이 왔다. 마르타는 항상 그들에게 도움을 주었다. 그녀는 그것이 얼마나 위험한 일인지 알고 있었지만 거절할 수 없었다.

이번에 온 여자는 아주 정이 많아 보였지만 강단 있어 보였다. 빨간 머리라는 것이 아쉬웠다.

8장

경찰서는 작고 하얀 단층 건물이었다. 정문의 파란색 페인트가 약간 벗겨져 있었다. 문 뒤에는 파란색 제복을 입은 게을러 보이는 남자가 졸고 있는 민원 창구가 있었다.

빅터는 당당한 모습으로 슐 서장을 찾았다. 그 남자는 졸린 눈으로 쳐다보다가 왼쪽 방향으로 손을 흔들었다. 서장은 사무실에 있었다. 오십 살이 넘어 보이는 좀 뚱뚱하고 대머리인 아저씨였다. 얼굴은 펑퍼짐하고 코가 컸다. 고등학교때 체육 선생님처럼 뒷머리를 대머리 위로 덮어서 옆으로 넘기지 않은 것이 그나마 다행이었다.

슐 서장은 책상 위에 놓인 서류를 뒤적거리며 무언가를 찾고 있는 듯이 혼잣말을 중얼거리고 있었다. 문이 열리는 소리에 고개를 드니 그는 밝은 푸른색을 띤 날카로운 눈을 가지고 있었다. 서로 인사를 했다. 서장은 마야를 뚫어지게 쳐다보았다. 마야는 불편함을 느꼈다. 그래서 약간 고개를 숙였다.

"프랭크 슐 서장입니다."

"마야입니다."

"그냥 마야라고요?" 그는 그녀를 집요하게 쳐다보았으므로 그녀는 기분이 나빴다.

"네."

'원하는 것이 뭐지? 내 성을 이야기하라는 건가?' 그녀는 평소와 같이 건방지게 대한 것을 약간 후회하였다. 로비를 돌려주지 않겠다고 하면 어떻게 하지?

"저는 오늘 막 이곳에 도착했어요. 동생을 찾으러 왔어요. 어제 서장님께서 찾았다는 이야기를 들었어요."

마야는 도와주길 바라며 빅터를 쳐다보았다.

빅터는 기침을 하더니 말했다.

"어제 서장님께서 우리 식당으로 데려온 그 아이 말입니다."

"동생이라고, 그렇다면……." 서장은 생각에 잠긴 듯 얼굴을 찡그렸다. "부모님은 어디에 계시죠?"

"부모님은 올 수 없었습니다. 여동생이 하나 더 있거든요." 그녀는 잠시 생각한 후 덧붙였다. "더 어린. 그래서……."

"아, 그러니까 누나군요. 좋아요, 아가씨. 누나가 남동생을 데리러 와도 괜찮죠. 하지만 안 괜찮은 게 있어요. 다른 사람들이 아이를 데리고 갔어요."

9장

아만다 드 빌은 누구에게도 관심의 대상이 아니었다. 마크를 만나기 전까지는 그랬다. 어렸을 때 그녀는 엄마에게 아기가 생겼으면 좋겠다고 생각했다. 여자아이라도 상관없다! 아만다는 요람에서 아기를 흔들어주며 옛날이야기를 들려줄 것이다. 그리고 아기가 자라면 함께 공원을 산책하고 숨바꼭질도 할 것이다. 그리고 가장 중요한 것은 아만다가 바로 이 아이와 가장 친하고 가장 사랑하는 사람이 될 것이라는 것이다. 하지만 몇 년이 지나도 아기는 태어나지 않았다.

부모님은 자주 다투었다. 그녀가 아주 어렸을 때부터 늘 그랬다. 처음에 아만다는 엄마가 왜 화를 내는지 이해하지 못했다. 그러다 낯선 사람의 집에 갈 때마다 싸우는 것을 알게 되었다. 엄마는 처음에는 차분하게 어떤 여성에 대해 이야기하다가 소리를 지르기 시작했다. 얼굴이 토마토처럼 빨개지고 눈에서 눈물이 쏟아지곤 했다. 아빠는 처음에는 아내를 진정시키려고 노력했지만, 어느 날부터는 그런 행동을 멈추고 서재에 틀어박

히기 시작했다. 엄마는 문고리를 잡아당기며 그가 겁쟁이라고 소리치곤 했다. 그녀는 어렸을 때 엄마가 왜 화를 내는지 이해하지 못했다. 그러다가 그녀는 계속해서 반복되는 문구를 포착하기 시작했다. 엄마는 아빠가 못잊어 하는 어떤 '천박한 여자'에 대해 소리치고 있었다. 아만다는 그게 누구인지 몰랐다. 주변에서 천박한 사람을 본 적도 없었고, 어디에 갈 일도 거의 없었기 때문이다. 소녀는 엄마가 미쳐가는 것 같다는 생각을 했다. 아만다는 갑자기 화를 내며 우는 엄마가 불쌍하였다. 엄마가 운다는 것은 엄마가 힘들다는 이야기이니까. 하지만 드 빌 부인에게 동정심은 필요하지 않았다. 그녀는 오히려 딸을 멀리하였으며 윗층으로 보냈다.

그럼 아빠는? 드 빌 씨도 딸을 별로 돌보지 않았다. 그는 서재에서 책을 읽거나 파이프 담배를 피우며 시간을 보냈다. 가끔 아만다가 소심하게 그를 보러 가지만 그는 그녀에게 무슨 말을 해야 할지 모르는 것 같았다. 그는 읽고 있던 책에 대해 이야기하려고 했지만 그건 소녀에게 전혀 관심 없는 것이었다. 소녀는 그에게 공원에 산책하러 가자고 하며 부드럽게 손을 잡아당겼지만 그는 항상 거절했다.

그래서 그녀는 혼자 놀았다. 그녀는 공원에서 나뭇잎과 풀로 요정을 위한 집을 지었다. 솔직히 말해서 그녀는 그 당시 요정 그 자체였다. 유모가 화환 만드는 법을 가르쳐 주었고 아만다는 허브와 꽃으로 머리를 장식했다. 하지만 집 안으로 들어가기 전에 모두 떼어내야 했다. 만약 그대로 들어가면 엄마는 그녀의 머리가 쓰레기 봉투냐고 야단을 쳤다.

아만다가 열네 살이 되었을 때 엄마는 아만다가 거의 성인이 되었다고 말했다. 그리고 그녀는 덧붙였다. '너 같이 못 생긴 여자아이에게 올 신랑이 있을지 모르겠다. 지참금 보고 오는 것이 아니라면 말이다.' 아만다는 이 말을 듣고 거울 앞에서 얼어붙었다. 그녀는 무엇이 그렇게 못생기고 끔찍한 지 묻고 싶었지만 감히 말할 수 없었다. 눈물이 속에서 부글부글 끓어오르며 눈으로 흘러나오다 식어버렸다.

그녀는 자신이 예쁘지는 않지만 그렇게 못생긴 것은 아니라는 것을 알고 있었다! 손님들은 종종 아만다가 엄마를 닮았다고 말했지만 엄마는 항상 말도 안 된다고 하였다. '저는 어렸을 때 정말 예쁜 아이였어요.' 엄마가 말했다. '한 화가가 제 초상화를 그리게 해달라고 부탁했지만 부모님이 반대하셨어요. 아만다는 필립과 그의 가족을 더 닮았어요! 그렇죠, 여보?' 아빠는 어깨만 으쓱하였다. 어렸을 때 아내의 모습을 본 적도 없었고, 그때 아내가 어땠을 지 전혀 생각해 본 적이 없기 때문이다.

나중에 아만다는 자신을 '매우 부유한 집안의 딸로 품위가 있는 신부'라는 말을 자주 들었다. 그녀는 다만 누군가가 자신에게 관심을 가져 주기만 바랐다. 최근 그녀는 책을 많이 읽고 있으며 대화를 할 사람을 찾고 있었다. 무도회에서 사람들은 그녀에게 춤추자고 제안하고 이런 저런 이야기를 같이 하였다. 하지만 그녀는 항상 자신이 그곳에서 겉돌고 있다는 것을 느꼈다. 잘생긴 남자들 모두 정말로 그녀에게 관심이 없었고 돈에만 관심이 있었다.

하지만 마크는 달랐다. 둘은 매우 어색한 상황에서 만났다. 나중에 그녀는 그들의 만남이 현실이라고 하기엔 너무 낭만적이라고 생각하였다. 그렇지만 아만다는 자신의 엄마의 도움으로 현실 세계로 돌아올 수 있었다.

아만다가 어딘가를 갔다가 집에 도착했을 때였다. 마차에서 내리던 그녀는 발을 잘못 딛어서 진흙탕에 넘어지고 말았다. 그때 한 젊은 남자가 그녀에게 달려와 일으켜 세우고 집 안으로 데려다 주었다. 아만다는 그를 바라보는 것이 부끄러웠지만, 키가 크고 어깨가 넓으며 표정이 풍부한 검은 눈을 가진 잘생긴 남자임을 알아차릴 수 있었다. 하지만 옷차림이 허름하였다.

알고 보니 그는 오래전에 가난하게 된 귀족 마이어 씨의 아들 마크였다. 마크는 식사를 함께 하기 위해 남았다. 아빠는 청년이 의사가 되기 위해 공부하고 있다는 이야기를 듣고 건성으로 질병 치유에 대한 대화를 나누었다. 마침 그는 아만다에게 붕대를 감아주었다. 그러나 엄마는 오만한 표정으로 앉아서 청년이 기를 펼 기회를 주지 않으려고 했다.

"아, 손수건에 이름 이니셜이 없나요? 정말 특이하네요! 저는 자수로 이름 이니셜을 표시하는 사회 관습에 익숙하거든요. 먹고 살기도 힘든가 보네요?"

아만다는 이런 귀족적인 행동에 질렸다. 하지만 마크는 침착하고 자신감이 넘쳤다. 그는 자신의 감정을 드러내지 않았다. 식사 후에 그는 아만다의 발목을 다시 한번 살펴보고 난 뒤 새 붕대를 감아주며 내일 다시 와도 되느냐고 물었다. 당연하게 허락을 하였다. 그때 이후로 마크는 그녀에게 자주 왔다. 둘은 공원을 산책하며 많은 이야기를 나눴다. 그는 아만다의 농담에 웃고 그녀의 지식에 감탄했다. 마크도 자신이 하는 일에 대해 이야기를 해주었고 그녀는 그의 이야기에 큰 관심을 가지고 귀를 기울였다.

그의 일은 엄마의 끊임없는 조롱의 대상이었다.

"의사 소년", "한심한 약사", "위대한 치료사" 등 엄마는 그를 온갖 명칭으로 불렀다. 하지만 그가 심장마비가 왔던 아빠의 치료약을 처방했을 때 엄마는 조금은 진지해졌다. 주치의는 망설였지만 마크는 자신의 멘토와 상의한 후 즉시 약 한 병을 가져왔다. 그리고 아빠는 나아졌다.

그러자 이제 엄마는 그의 가난에 관심을 돌렸다. '너 마크 아빠가 완전히 파산한 거 알지? 이제 마크가 네게 청혼을 할 거야, 알겠어! 그가 원하는 건 네가 아니라 네 돈이라는 걸 똑똑히 기억해!' 딸은 듣지 않으려 했지만 그 말은 독처럼 딸을 관통했고, 날마다 딸을 중독시켰다.

그러던 어느 날 공원에서 마크가 딸을 멈춰 세우고 자기가 하는 이야기를 들어달라고 하자 딸은 겁이 났다. 그녀는 그가 청혼할지도 모른다고 생각했다. 이게 다 돈 때문이라니 얼마나 더러운 일인가! 하지만 마크는 다른 말을 했다.

"당신은 내 인생의 너무 많은 부분이 되었어요. 너무 늦어서 나와 당신에게 더 큰 고통을 줄까 봐 드려워요. 아만다, 난 당신의 남편이 되는 게 꿈이예요. 하지만 난 청혼할 자격이 없어요. 우리 아빠한테 무슨 일이 있었는지 알잖아요. 그는 정직하고 괜찮은 사람이지만 사업에는 완전히 무지했어요. 우린 가지고 있었던 모든 걸 잃었어요. 지금 저축한 돈이 조금 있지만 당신에겐 얼마 안 되는 돈이죠. 저는 일을 하게 된 것을 후회하지도 않고 부끄러워하지도 않아요. 하지만 당신은 달라요. 당신은 아름답고 부자예요! 나보다 더 가치 있는 남자와 결혼할 수 있어요."

그녀가 깨달은 것은 그가 그녀 없이 살겠다고 작별 인사를 하고 있다는 사실뿐이었다. 그리고 더 이상 아무 말도 들리지 않았다. 뜨거운 눈물이 뺨을 타고 흘러내렸다. 아만다는 돌아서서 앞만 보고 힘차게 집으로 돌아왔다. 그녀는 강해지고 싶었다. 자신이 얼마나 깊은 상처를 받았는지 그가 알기를 원하지 않았다. 하지만 그녀는 그가 자신을 따라오기를 원했다!

마크 마이어는 그녀를 쫓아가는 대신 그녀의 아빠에게 가서 딸에게 청혼을 한다고 말했다. 드 빌 씨는 반대하지 않았다. 반대한 것은 드 빌 부인이었다. 그녀는 젊은 의사를 지참금 사냥꾼이라고 불렀다. 그는 기꺼이 지참금을 포기하겠다고 대답했다. 드 빌 부인은 기꺼이 이 포기를 받아들였다. 부모님은 아만다에게 많지 않은 돈을 지참금으로 주었다. 더욱이 드 빌 부인은 남편이 딸을 유언장에서 제외시켜 그의 재산이 맏손주에게 돌아갈 수 있도록 하자고 주장했다.

이 모든 일이 너무 빨리 일어나서 아만다는 기뻐해야 할 지 울어야 할 지 몰랐다. 그녀는 세상에서 가장 사랑하는 남자와 결혼하게 되었다! 그리고 그녀는 더 이상 부자가 아니었다! 무엇보다도 그녀를 놀라게 한 것은 아빠의 행동이었다. 그는 모든 결정권을 아내에게 주었다. 아만다의 운명은 그에게 별로 중요하지 않았다. 창피한 일이었다! 그러나 그녀가 사랑하는 남자와 결혼한 행복에 비하면 그것은 아무 의미도 없었다.

그녀를 필요로 하는 사람은 마크뿐이었다. 그들은 정원이 있는 작은 집을 샀다. 1년 후 그들은 아들을 낳았다. 남편은 자신이 사랑했던 아빠처럼 후계자의 이름을 앨버트로 짓고 싶어 했다. 하지만 아만다는 허락하지 않았다. 그녀는 자신이 사랑했던 남자의 이름을 따서 아들의 이름을 짓고 싶었다. 그래서 아들의 이름은 마크 마이어 주니어가 되었다.

6개월 동안 그녀를 사랑한 남자와 그녀가 사랑하는 남자, 두 사람과 함께 살았다. 그러던 어느 날 그녀는 둘 다 잃었다.

지금 누가 그녀가 하는 행동에 대해서 욕을 할 수 있을까?

그녀를 필요로 하는 사람은 마크뿐이었다. 그들은 정원이 있는 작은 집을 샀다. 1년 후 그들은 아들을 낳았다. 남편은 자신이 사랑했던 아빠처럼 후계자의 이름을 앨버트로 짓고 싶어 했다. 하지만 아만다는 허락하지 않았다. 그녀는 자신이 사랑했던 남자의 이름을 따서 아들의 이름을 짓고 싶었다. 그래서 아들의 이름은 마크 마이어 주니어가 되었다.

10장

프랭크 슐은 목을 가다듬었다. 솔직히 그는 무슨 말을 해야 할 지 결정하지 못했다. 이 빨간 머리의 격노가 그를 당황하게 했다. 그녀는 부잣집 아가씨처럼 충분히 훌륭한 사람처럼 보였지만 동생을 데리고 갔다고 말하자 격노하였던 것이다. 프랭크는 32년 동안 경찰에 몸담아 오면서 수많은 분노를 겪었다. 하지만 그녀처럼 이렇게 화를 내는 것은…… 한 번도 겪어 보지 못했다.

"데리고 갔다니요? 어떻게 모르는 사람에게 아이를 넘길 수 있냐고요! 신분증도 안보고요? 당신은 인권을 침해했어요! 네, 이건 인권 침해입니다! 아이에게는 법적 대리인인 부모가 있습니다! 그들이 없다면 당신에겐 어떠한 권리도 없습니다! 질문도 할 수 없어요!"

마침내 그녀가 말을 멈췄다. 그는 잠시 생각한 후 대답했다.

"그렇죠. 그냥 마야 씨. 아가씨 신분증은 어디 있나요?"

그녀는 화가 나서 숨을 헐떡였지만 대답하지 않았다.

프랭크는 테이블 위에 놓인 서류 더미를 옮기며 말을 이었다.

"보세요. 그 소년이 아가씨 동생이라는 걸 어떻게 증명할 수 있나요? 화내지 마세요. 그걸 아가씨가 잘 한다는 것을 알겠어요. 이제 내 말을 들어보세요. 전 아가씨를 믿어요. 하지만 소년이 아가씨가 누군지 알아볼까요? 내가 아이를 발견했을 때 아이는 아무것도 기억하지 못하고 있었어요. 자기 이름도 기억 못했어요. 알겠어요? 만약 아이가 아가씨가 누군지 알아본다면 가서 데리고 오면 됩니다. 안 그런가요?"

마야는 숨을 고르더니 자리에 앉았다. 그리고 조용히 대답했다.

"모르겠네요."

"바로 그렇다니까요. 물론 제가 아가씨와 함께 갈 수 있어요. 하지만 어떻게 풀어야 할지 복잡하네요."

"뭐가 복잡하다는 거죠?" 그녀는 더 이상 참지 못하였다. "누가 데리고 갔다는 거죠? 왜 낯선 사람들이 제 동생을 데리고 간 거죠?"

갑자기 등골이 오싹해지면서 심장이 마구 뛰었다. 벌써 둘째 날이었다. 그에게 표시가 더욱 뚜렷해질 것이다.

"동생을 데리러 가야 해요. 동생에게 무슨 일이 일어날 수도 있어요. 제발 도와주세요."

거의 들리지 않는 목소리로 그녀가 말했다.

프랭크는 침착하게 고개를 끄덕였다.

"알겠습니다. 진정해요. 이미 말했듯이 지금 그곳으로 가죠.

하지만 그가 왜 거기 있는지 알고 싶지 않으세요?"

"도대체 그가 어디에 있다는 거죠, 서장님?"

빅터가 물었다. 그러자 서장이 그에게 눈을 흘겼다.

"아이는 마이어 집에 있어. 무슨 일이 있었는지 너도 알잖아?"

"마이어 부부의 아이를 누군가 유괴해갔죠. 6개월 된 아들을 대놓고 누군가 유괴를 한 거죠. 가족은 포상금을 내걸었죠. 실종된 아이를 찾는 전단지가 가로등 기둥마다 붙어 있죠."

빅터가 신문 기사처럼 짧게 정리해주었다.

"제 동생이 무슨 상관이죠? 걘 6개월짜리가 아니고 6살이에요. 그리고 그 사람들 아들도 아닌데 어떻게 그 사람들에게 줬는지 모르겠어요. 말도 안 돼요!"

마야가 참지 못하고 말했다.

프랭크 슙은 의자에서 일어나 사무실을 한 바퀴 돌았다. 그의 덩치 큰 체구가 작은 방의 상당 부분을 차지하고 있었다. 그는 마야 앞에 멈춰 서더니 진지하게 말했다.

"좋아요, 아가씨. 요지만 이야기하죠. 소년은 길거리에서 발견되었죠. 그는 거기 서서 울고 있었어요. 그는 아무것도 기억하지 못하고 자신이 어디에 있는지도 몰랐어요."

"그래서요?"

"머리를 써봐요, 제발요! 제게 누군가 찾아왔어요. 그 애를 자세히 살펴보라고 했죠. 진짜 그 아이가 누구냐고 물었죠."

"누가 왔다는 거죠?"

"이런 일을 하는 사람이 왔었죠!" 경찰서장이 말했다. "그러니까 아만다 마이어는 슬픔에 잠겨 있었습니다……. 불쌍한 여자죠. 어떤 심령술사가 자신의 아들을 찾아주겠다고 했대요. 둘이 이곳으로 와서 난리법석을 떨었던 거예요."

11장

프랭크 슢은 그 마녀를 보자마자 끝이 좋지 않을 것임을 직감했다. 이 여자는 결국은 감옥에 가거나 병원에 갈 것이라고 생각했다. 그녀는 마른 체구에 온통 검은 옷을 입고 있었다. 한마디로 특별한 건 없었지만 눈빛이 특이했다! 광인들이 가진 거친 눈. 다른 말로 표현할 수 없었다. 그녀는 뭔가를 찾는 것처럼 주위를 둘러보았다. 프랭크는 그런 미친 사람을 여러 번 만났지만 기억하고 싶지 않았다. 아만다 마이어가 이해하지 못하는 게 안타까웠다. 그녀는 제 정신이 아니었다. 심령술사가 아들을 찾는 데 도움을 줄 거라고 했다.

"좋아요. 그렇게 하도록 하죠. 하지만 경찰서 안에서는 안 돼요. 알겠죠?"라고 프랭크가 말했다.

여자는 사냥개처럼 실내를 둘러보았다. 그녀는 한 쪽 끝에서 다른 쪽 끝으로 천천히, 천천히 시선을 돌렸다. 솔직히 소름이 돋았다. 프랭크는 목을 가다듬고 말을 하려고 했는데 하지 못했다. 마녀가 구석에 앉아있는 소년에게 그 이상한 시선을 고정했기 때문이다.

아이는 차분하게 팔짱을 끼고 금발 눈썹을 살짝 찡그린 채 앉아 있었다. 프랭크는 아이에게 점심을 먹였으며 다음에 어떻게 해야 할 지 고민하고 있었다. 소년을 자신의 집으로 데려가서 재워야겠다는 생각을 하고 있었다. 적어도 소년에게는 안전할 것이기 때문이다.

그런데 마녀의 시선이 소년에게 떨어졌다. 마녀는 번개에 맞은 것처럼 몸을 떨었다. 마녀는 뼈만 남은 손을 내밀며 쉿소리를 내며 속삭였다.

"이 아이…… 연결되어 있어! 피로 연결되어 있어! 바로 그 연결이 도와줄 거야! 이 아이만이, 이 아이가 널 인도해줄 거야. 아기는 살아있어, 이 아이가 아기를 찾는 데 도움이 될 거야! 이 아이를 빼앗기지 말고 안전하게 지켜줘! 아기를 찾을 때까지 이 아이는 너와 함께 있어야 해! 이 아이가 네 유일한 희망이야."

그러고는 눈을 감고 구겨진 헝겊 더미처럼 의자에 털썩 주저앉았다. 소년은 공포에 질린 눈을 크게 뜨고 그녀를 바라보며 몸을 둥글게 말고 앉아 있었다.

아만다 마이어는 부어 오른 눈을 프랭크에게 돌렸다.

"이 아이는 누구죠?"

"길을 잃어서 데리고 왔어요. 부모님이 곧 데리러 올 거예요."

슐은 그녀와 아이 사이에 끼어들 준비가 되어 있었다.

"이 아이의 부모가 누구죠?"

"찾고 있습니다."

프랭크가 사실대로 대답했다.

잠시 침묵이 흐른 후 아만다가 말했다.

"제가 데려가겠습니다. 제 조카거든요."

"뭐라고요?" 그는 자신의 귀를 의심했다. "조카라고요? 마이어 부인, 이 여자의 말을 너무 많이 들은 것 같네요. 저 여자를 멀리 하세요. 부탁입니다."

"입 닥쳐요!" 그녀가 날카롭게 소리쳤다. "내 아들을 찾기 위해선 뭐든 할 거예요. 합법적이든 아니든 상관없어요. 서류 주세요. 진술서를 써 줄게요. 이 아이는 내 조카입니다. 이 아이의 이름은 제 아빠 필립 드 빌과 같고요."

프랭크가 천천히 말했다.

"마이어 부인, 그만하세요. 부인은 합리적인 사람……."

"아니요, 더 이상 그렇지 않아요. 저는 이성적이지 않아요. 슐 서장님! 내 아들이 요람에서 사라진 순간 난 더 이상 이성적인 여자가 아니에요. 저는 혼자예요. 알겠어요? 혼자라는 말이에요! 얼른 서류를 주세요. 법에 따라 서장님은 제 말을 들어야 해요."

"하지만 나중에 다 책임을 지셔야 합니다."

"그러겠습니다."

소년은 여전히 아무 말도 하지 않았다. 그는 고개를 숙이고 있었으며 어깨가 들썩였다! 아, 불쌍한 아이…….

프랭크는 소년의 양쪽 겨드랑이 밑으로 손을 넣어 들어 올린 후 무릎에 앉혔다.

"왜 그래? 걱정 마, 아저씨가 아무도 널 못 건드리게 할 거야."

여자가 작성한 서류를 도발적으로 내밀었다. 그녀와 같이 온 사람은 의식을 되찾고 흐릿한 표정으로 방 안을 둘러보고 있었다.

슐은 작성된 서류의 글을 읽었다.

"좋아요. 부인이 원하는 대로 해주겠어요. 아이가 당분간 부인과 함께 지내게 하죠. 하지만 목숨 걸고 이 아이를 지켜 주셔야 해요. 맹세컨대 아이에게 조그마한 상처라도 생기면 제가 그냥 두지……."

"내가 누군지 알잖아요?" 들릴 듯 말 듯한 목소리로 아만다 마이어가 말했다. "난 그저 내 아들을 되찾고 싶을 뿐이에요. 전 미치지 않았어요. 하지만 작은 기회라도 있다면 잡아야죠. 그게 다예요. 이 아이는 저와 함께 할 것입니다. 아무도 이 애를 건드리지 못하게 할 게요."

그녀의 눈에서 눈물이 흘렀다.

이렇게 된 것이다.

12장

"그 아이가 자신의 친척이라는 서류를 그녀가 가지고 있지 않았잖아요?" 마야가 물었다.

"맞아요. 하지만 그녀의 가족은 이곳에서 오랫동안 살았어요. 믿을 수 있는 사람들이죠. 반면에 전 아가씨를 오늘 처음 봐요. 경우가 다르죠. 어쨌든 가서 직접 만나 이야기를 해 보도록 하죠."

프랭크는 복도를 내다봤다.

"당직! 마차를 준비시켜!"

마야는 일어난 일을 머릿속에서 정리하려고 애썼다.

"이해가 안 돼요! 사라진 그 여자의 아이에겐 무슨 일이 있었던 걸까요? 뭘 좀 알아냈나요?"

경찰서장은 좌절감에 고개를 절레절레 흔들었다.

"아뇨, 아직 아무것도요. 이틀이 지났어요. 보상금을 노리고 온갖 종류의 사람들이 들어와서 거짓말을 합니다. 망토를 두른 남자가 아이와 함께 뛰어가는 걸 봤다고 하더군요. 마을 외곽으로 나가는 모든 길에 경찰들을 배치했어요."

"오늘 아침에 전 아무도 못 봤어요."

"아무도 못 봤다니요?"

프랭크가 얼굴을 찡그리며 물었다.

"아치형의 큰 문에서요."

"거짓말하는 거 아니죠? 아무도 없었다고요?"

"진짜예요."

"이, 이런!" 경찰서장이 손바닥으로 자신의 무릎을 치며 말했다. "이 인간들이 일을 이따위로 하다니!"

조금 진정되자 그는 마야에게 날카로운 눈빛을 보냈다.

"오늘 아침에 그 문에서 뭘 한 거죠?"

"아무것도요. 그냥 걷고 있었어요!" 그녀는 순진한 표정으로 아무일 없었다는 듯 말했다.

슐은 한숨을 쉬며 고개를 저었다.

그때까지 경찰서장을 처다보던 빅터가 마야를 보며 물었다.

"저도 같이 가도 될까요?"

프랭크는 얼굴을 찡그렸다.

"자넨 집에 가서 엄마를 도와주게."

마차가 마이어 집 앞에 멈춰 섰다. 마야는 마차에서 내려서 흥미롭게 주변을 둘러봤다. 영화에서 본 것 같은 진짜 대저택이었다. 철문과 콧수염을 기른 늙은 문지기까지. 로비가 아니었다면 그냥 걸어 다니면서 구경하고 싶었다. 밝은 녹색 잔디밭은 인조잔디처럼 깨끗하고 매끄러워 보였다. 철문에서 공원

같은 정원을 지나 집 안으로 들어가는 길이 나 있었고, 그 길 오른쪽에 분수와 거대한 기마상이 있었다. 마차는 길을 따라 가서 하얀색의 커다란 현관 앞에 멈춰 섰다. 문지기가 마부에게 마차를 주차할 곳을 알려주었다. 슐 씨가 초인종을 눌렀다.

짙은 회색 정장을 입은 진짜 하인이 문을 열었다. 뭐라고 해야 할까? 그래 하인의 정복을 입고 있었다. 마야는 흥분이 점점 고조되는 와중에도 이런저런 생각을 했다. 불길하고 미묘한 마음속 떨림이 느껴졌다.

그들은 밝고 넓은 응접실로 안내되었고 곧 두 명의 여성이 들어왔다.

누가 누구인지 알아내는 것은 어렵지 않았다. 아만다 마이어는 20대 초반으로 보였다. 미인은 아니었지만 매력 있는 얼굴이었다. 마야는 이런 류의 사람들을 잘 알고 있다. 처음에는 그냥 평범해 보이지만 묘하게 숨겨진 아름다움을 발견하게 된다. 아만다가 바로 그런 여자이다. 만약 그녀가 그걸 목표로 세웠다면 그녀는 정말 매력이 넘쳤을 것이다. 지금은 그녀의 부드러운 타원형 얼굴은 창백하고 거의 회색에 가까웠다. 그녀의 검은 눈은 퉁퉁 부었지만 반짝이고 있었다. 그녀는 머리를 묶고 있었지만, 마치 침대에 누워 있었던 것처럼 머리가 헝클어져 있었다.

두 번째 여성은 솔직히 말해서 소름 끼쳤다. 헐렁한 검은색 드레스를 입고 있었으며 매우 마르고 초췌한 모습이었다. 그녀의 금발 머리는 빗질하지 않은 채 헝클어져 있었다. 그녀가 어디를 보고 있는지 모르도록 그녀의 눈은 가려져 있었다.

마야는 자신의 16년 인생 동안 보아온 공포영화에서 이런 캐릭터를 많이 봐 왔다.

슐 서장이 짧고 분명하게 말했다.

"소년의 누나인데 소년을 데려가고 싶다고 합니다. 아이를 데리고 오라고 해주시기 바랍니다."

아만다는 혼란스러워 했다. 그녀는 입술을 떨며 다른 여자를 바라보았다. 그러자 그 여자는 눈을 들지 않고 고개를 저었다. 그녀의 얇은 입술에서 쉿소리가 섞인 속삭임이 흘러나왔다.

"아니, 안 돼요……."

"아이를 데리고 오라고 해주세요."

프랭크는 한 번 더 말했다.

아만다 마이어는 얼굴을 찡그리며 하녀를 불렀다. 마야는 문에서 눈을 떼지 않았다.

"로비!"

그녀는 동생에게 달려가 그를 안아주고 싶었지만 동생은 주춤주춤 뒤로 물러섰다.

마야는 그의 눈을 바라보았다.

"나를 알아보지 못하겠어?"

아이는 시선을 내리 깔고 고개를 살짝 흔들었다.

"서류가 어디 있죠?" 아만다 마이어가 물었다. "이 아이가 아가씨의 동생이라는 서류 말이에요."

그녀는 커다란 글씨로 '그럴 리 없겠지!'라고 쓴 얼굴로 마야

"서류가 어디 있죠?" 아만다 마이어가 물었다. "이 아이가 당신의 동생이라는 서류 말이에요."

그녀는 커다란 글씨로 '그럴 리 없겠지!'라고 쓴 얼굴로 마야를 똑바로 쳐다보았다.

를 똑바로 쳐다보았다. 그녀는 같은 표정으로 경찰관을 바라보며 고개를 저었다. 그러고는 아무 말도 없이 벽으로 가서 다시 벨 줄을 잡아당기며 "아이를 방으로 데려가."라고 말했다. 로비는 그렇게 고개도 들지 않고 응접실에서 나갔다.

'그래, 예상대로 아만다 마이어는 바보가 아니군. 이제 어떻게 해야 하지. 이 두 여자는 불쌍한 어린아이 때문에 서로 목을 조르고 있어.' 슐 씨가 한숨을 크게 내쉬며 생각했다.

'뭐지? 이게 다란 말이야? 어떻게 이럴 수 있지?' 마야는 분노와 무력감에 숨이 막혔다. '어떻게 해야 하지? 애원해야 하나 아니면 협박해야 하나?' 검은 옷을 입은 여자가 갑자기 일어나서 당혹스러워하고 있는 마야를 향해 협차게 걸어왔다. 처음에 그녀는 뚫어지게 마야의 눈을 응시하고 나서 거친 손으로 마야의 손을 잡더니 중얼거렸다. 마야는 소리지르며 벗어나려고 했지만 여자는 자신의 몸을 덜덜 떨면서 작은 목소리로 말했다.

"알겠어? 알겠냐고. 아만다는……, 그녀는 아기를 찾을 거야. 아기를 찾고 말고……."

마야는 마치 잠에서 깨어 난 것처럼 갑자기 비명을 지르며 여자의 손으로부터 벗어났다.

"제발 떨어져요!" 그녀는 연신 손을 드레스에 문지르며 주변을 살폈다. "미친 사람들 같으니! 어디서 손을 씻을 수 있죠?"

마야의 눈에는 눈물이 가득했다. 두 여자가 그녀를 겁에 질리게 하였다. 이들은 정상이 아닌 것이 분명해!

"자, 진정하시고요. 아가씨를 건드리지 마세요. 마이어 부인 부인, 남편은 어디에 있죠? 그와 이야기를 하고 싶은데요." 슐이 더 이상 참지 못하고 말하였다.

"지금 집에 없어요." 아만다는 매우 정중하지만 차갑게 대답했다.

"지금 집에 없다니 무슨 뜻인가요?" 슐이 얼굴을 찌푸렸다. "제가 사람들 모두에게 이 도시를 떠나지 말라고 했는데요?"

아만다는 이 질문에 대답하지 않으려는 게 분명했다.

슐이 계속 말했다.

"어리석은 짓은 그만하고 이 여자를 잠깐 여기서 나가도록 해주세요. 정말 죄송하지만, 이 여자 없이 이야기를 했으면 합니다."

그는 마치 인사를 하듯 허리를 숙였다.

아만다는 아무 말없이 마법사를 출구로 안내했다. 슐이 뒤를 따르더니 마법사가 나가자 문을 꼭 잠갔다.

"전 당신을 돕고 싶습니다, 마이어 부인. 왜 이러시는지 제게 말씀해보세요." 그가 부드럽게 말했다.

아만다는 고개를 들었다. 그녀의 고통에 찬 눈동자가 더욱 강렬하게 빛나고 있었으며 눈에는 눈물이 가득 고여 있었다.

"저도 모르겠어요. 아이를 잃어버렸어요. 그런데 경찰은 아무 일도, 아무 짓도 하지 않았어요! 그래서 전 무언가를 해야겠다고 생각했죠. 할 수 있는 것 아무거나. 미친 짓 같아 보일 수도 있어요! 하지만 그게 무슨 상관인가요! 저를 잔인하다고 생각하든 미쳤다고 생각하든 아무 상관없다고요, 알겠어요? 아무도 절 도와주지 않으면 저 혼자라도 할 거예요. 아이는 여기에 있을 것입니다. 더 이상 할 말 없어요."

그녀는 마야를 쳐다보았다.

"저 마녀가 나한테 무슨 말을 하려는 건지 모르겠어요. 하지만 내 아들을 찾을 때까지 아가씨는 동생을 데려갈 수 없어요. 동생을 빨리 데려가고 싶다면 절 도와주세요. 싫다면 여기서 썩 꺼져서 제가 연락 줄 때까지 기다리세요."

아만다는 숨을 크게 내쉬었다. 그녀의 심장이 가슴에서 튀어나올 것만 같았기 때문이다. 마야는 갑자기 그녀의 마음을 이해할 수 있게 되었다. 그녀는 혼자이다……. 그녀의 멍청한 남편은 어디에 있는 걸까?

"이해합니다. 좋아요, 그렇게 하죠. 하지만 로비는 안전하게 있어야 해요. 그리고 나중에는 제가 데리고 갈 겁니다." 마야는 조용히 대답했다.

지금 그들은 서로의 눈을 바라보고 있었다.

13장

프랭크는 숨이 막혀오는 것을 느꼈다. 거대한 창문이 엄동설한 때처럼 굳게 닫혀 있었다! 그는 제복의 윗 단추를 풀고 뻣뻣한 목을 돌려 풀었다. 이 둘은 싸우는 것 같지는 않네. 그렇다면 길 잃은 아이 문제는 일단 놔둬도 되겠네. 경찰서장은 길게 숨을 들이마시고 더 길게 숨을 내쉬었다. 치료사가 그에게 조언한 것이다.

"마이어 부인, 본론으로 돌아가죠. 몇 가지 질문이 있어서 오늘 꼭 이곳에 오고 싶었습니다. 당신의 하인들에게 물어보고 싶은 것이 있거든요."

그는 잠시 생각한 후 덧붙였다.

"그날 오신 손님들도요."

아만다는 갑자기 침착해졌다.

"좋아요. 이 아가씨가 서장님을 도울 수 있게 해주세요."

'잘 되었네!' 프랭크는 생각했다.

"마야, 제 이름은 마야예요. 제가 부인의 아이를 찾는 데 도와드려도 될까요?"

마야는 앞으로 나서며 큰 목소리로 말했다.

'이런, 좀 가만히 있지. 파이팅 넘치는 아가씨네. 그건 인정하지. 그래 어쩌면 그 편이 더 나을 수도 있어.' 프랭크는 경찰서에 앉아 불평만 늘어놓고 일을 하지 않는 부하 직원들 때문에 지쳐 있었다. 그는 그들이 왜 일하는 것에 관심이 없는지 이해가 되지 않았다. 그는 젊었을 때 사냥개처럼 일에 대한 열정이 넘쳤다. '이 인간들은 그렇지 않아……. 내가 명령한대로 길을 막지도 않았다고 이 아가씨가 말했어. 빌어먹을 인간들! 조치를 취하긴 해야 하는데 소용이 있을지 모르겠네. 시간이……. 이 아가씨는 동작이 빠르고 날카로운 말을 잘 하니 잘 될 거야.'

저택 안에는 하인 한 명, 하녀 두 명, 베이비시터, 요리사, 주방보조 등 총 여섯 명이 집안일을 봐주고 있었다. 프랭크는 마이어 씨가 부자가 아니라는 사실에 몹시 감사했다. 이 정도면 적어도 심문할 수 있지만 스무 명이 넘는다면 그건 생각하기도 싫었다. 슐과 마야는 서재로 들어갔다. 사실 그를 당황하게 하는 순간이 있었다. 그는 종이, 잉크, 펜을 준비했다. 그녀도 글을 쓸 준비를 했지만 잉크를 사용하고 싶어하지 않았다. 펜과 깃털 펜대를 보는 그녀는 마치 뱀을 바라보는 것 같았다. 아가씨께는 연필 한 자루를 주세요! 아니 정정하죠. 아씨 마님께 한 자루 말고 두 자루를 주세요. 보시다시피 아씨께 잉크는 필요없습니다!

그는 마야에게 상황을 한 번에 정리해서 알려주었다. 아이는 작은 사교 모임 중에 사라졌다. 수면제를 차에 타서 베이비시터에게 먹였고, 베이비시터가 잠이 든 사이에 누군가 아이를 데리고 갔다. 집 안에는 6명의 하인들과 마이어 부인의 부모님, 포지 부부와 레너드 부부가 있었다. 포지 부부가 먼저 떠났고 레너드 부부는 나중에 떠났다. 그들이 떠난 후 아기가 없어졌다는 것을 알게 되었다.

마야는 바로 질문을 하기 시작했다. 서장은 짜증이 났지만 질문들은 대부분 관련성이 있는 것들이었다. 그녀의 질문은 너무 많았다.

"하인들이 다니는 계단이 따로 있나요? 어디 있나요? 그러니까 그 계단을 통하면 뒷문으로 내려가고, 아무도 그 사실을 알지 못한다는 거죠? 하지만 어쨌든 대문을 통과해야만 한다는 거죠? 문지기는 아무도 못 봤나요? 그럼 아기를 어떻게 집에서 데리고 나갈 수 있죠? 그리고 손님들은요? 그들이 응접실에서 나간 적이 있나요?"

프랭크는 한숨을 쉬었다. 그의 부하 경찰들이 항상 이렇게 많이 물었다면 좋았을 것이다. 물론 그에게 말고 목격자들에게 말이다. 이 질문들이 그를 처음부터 지치게 하였다.

그는 심문을 할 때에는 조용히 하고 말을 끊지 말고 잘 들으라고 마야에게 말했다. 질문도 그의 허락 하에만 하라고 했다.

14장

베이비시터가 가장 먼저 서재로 들어왔다.

이십 대 초반에 키가 크고 날씬하였으며 금발이었다. 작고 웃음기 없는 얼굴을 가지고 있었다. 그녀는 회색 유니폼 드레스를 입고 있었다. '하늘색 옷을 입고 화장을 살짝 하고 머리를 질끈 묶으면 스타일리시한 선생님이 될 것 같았다.' 마야는 학교 영어 선생님을 떠올리며 그런 생각을 하였다.

'지금도 이 여자가 어딘가에 로비를 숨겨 놓고 돌보고 있는 건 아닐까?'

한편 경찰서장은 '엘리자베스(리지) 스토우'라고 이름을 적었다.

"자, 리지. 아이가 사라진 날 밤에 무슨 일이 있었는지 다시 한번 정확히 말해 주세요."

여자는 등을 곧게 펴고 무릎에 손을 얹고 앉았다. 목소리도 톤이 없었으며 차분했다.

"어디서부터 이야기를 시작할까요, 서장님?"

"당신 맘대로 시작하세요."

"알겠습니다. 그날 오후 마이어 부인은 마크와 함께 오랫동안 정원을 산책했습니다. 그들은 3시에 집 안으로 들어왔습니다. 그녀는 마크를 제게 맡기고 씻으러 갔습니다. 마님은 손님을 기다리고 있었기 때문에 옷을 갈아입고 머리를 손질해야 했기 때문입니다. 저는 아기를 씻기고 이유식을 먹이고 잠자리에 눕혔습니다. 다섯 시쯤 아기가 일어났어요. 6시에 손님이 도착했다는 것을 아기방에서 손님들의 목소리를 듣고 알았습니다. 저는 아기에게 다시 이유식을 먹였습니다. 그때는 시간을 기억하지 못했지만 벨을 눌러서 하녀를 불렀고, 아기를 씻기게 따뜻한 물을 가져다 달라고 부탁했던 기억이 납니다. 아기가 땀에 젖어 있었거든요."

슐은 그녀의 말에 귀를 기울이며 메모를 했다. 마야는 아직 결정적인 말을 듣지 못한 듯하였다.

여자는 계속해서 말을 했다.

"니나가 물을 가져왔어요. 저는 8시에 하인들이 평소처럼 차를 마실 거라는 걸 알고 있었어요. 그래서 저는 그들을 방해하고 싶지 않았기 때문에 그녀에게 차를 좀 일찍 가져다 달라고 했습니다. 나중에 그녀가 서두르지 않도록 하기 위해서 말입니다. 집주인의 명령에 따라 저는 아이를 혼자 두고 나갈 수 없었습니다. 그날 저는 점심을 먹지 못했기 때문에 배가 매우 고팠거든요."

프랭크가 고개를 들었다.

"그럼 아기가 방에 있는 동안에는 절대 방 밖을 벗어나지 않는다는 거죠?"

"절대로요. 주인 마님의 첫 아이예요. 그녀는 온갖 불행한 사고에 대한 기사를 읽었고 그런 일이 일어날까 봐 매우 걱정하고 있었거든요. 니나가 차와 비스킷을 가져다 줬어요. 집사가 그녀와 함께 들어와서 뭔가로 그녀를 꾸짖었습니다. 니나는 테이블에 쟁반을 올려 놓고 밖으로 나갔어요. 잠시 후 다른 하녀 에이미가 들어왔어요. 그녀는 그들이 차를 마시고 있고, 손님들과 함께 온 하인들이 함께 있다고 말했습니다. 그러니까 그 때가 8시쯤이었다는 거죠. 저는 아기를 재웠습니다. 그러고는 안락의자에 앉아 책을 잠시 읽었어요. 거기까지 기억을 합니다. 누군가 저를 깨워서 일어났더니 아기가 사라졌어요."

슐은 자신의 노트를 쳐다보며 물었다.

"마이어 부인이 아이와 많은 시간을 보내나요?"

"네, 솔직히 제가 할 일이 그렇게 많지 않아요. 마님은 좋은 엄마죠."

"부인께서 모유 수유를 안 하시나요?"

"네, 당연히 안 하죠! 사회적으로 허용되지 않잖아요. 처음에는 마크에게 유모가 있었지만 지금은 제가 이유식을 먹이죠. 요리사가 이유식을 만들어주고 제가 시간에 맞춰서 아기에게 먹였죠."

"이유식은 누가 가져다주나요?"

"하녀 중 한 명이요. 그날은 니나였던 것 같아요."

"그러니까 3시 이후에 당신은 아기방을 나간 적이 없다는 거죠?"

"네. 제가 말씀드렸잖아요. 금지라고요."

"하인들은 어디서 차를 마시나요?"

"아래층 부엌 옆에 하인들이 식사하는 방이 있어요."

"아기 방은 2층에 있어요. 하인들이 위층으로 올라갈 때에는 어떤 계단을 이용하나요?"

"아, 그냥 뒤계단이요. 큰 계단은 주인과 손님들을 위한 것이죠."

"그날 뭔가 특이한 점이 있었나요? 처음에는 별로 중요해 보이지 않았는데 나중에 보니 좀 이상하더라, 뭐 그런거요."

리지는 잠시 생각을 했다.

"그날 아침 정원을 걷고 있을 때 한 남자가 울타리로 다가와 대문을 바라보는 것을 봤어요. 한 번도 본 적이 없는 사람이었죠. 하지만 지나가던 행인일 수도 있어요."

"어떻게 생겼나요?"

"기억이 안 나요. 특별한 건 없고 그냥 평범한 사람이었어요."

"전혀 기억이 안 난다고요? 키, 머리카락 색깔?"

"전혀 기억이 안 나요, 너무 멀었거든요. 그냥 평범한 사람이었어요"

"알겠어요. 마이어 부부와 함께 일한 지 얼마나 됐죠?"

"4개월이요. 처음엔 마크를 유모가 먼저 돌봤죠, 그 다음에 제가 온 거죠."

"어떻게 여기에 오게 된 거죠?"

리지는 잠시 생각을 했다.

"정확히 기억나지 않아요. 누군가 베이비시터가 여기에 필요하다고 말했던 것 같아요."

슐은 의자에서 몸을 일으키고 있던 마야에게 고개를 끄덕이며 말을 허락했다. 그녀는 종이를 만지작거리며 물었다.

"에이미가 왜 당신을 보러 왔나요? 그 두 번째 하녀요?"

리지는 아주 잠시 말을 더듬었지만 프랭크는 그걸 눈치 챘다. 그는 귀를 쫑긋 세웠다.

"그녀는 자기들이 차를 마신다고 했어요."

"당신은 자신의 차를 다 마셨나요? 그렇다면 왜 쟁반을 가져가지 않았나요? 나중에 경찰이 그걸 탁자 위에서 발견했잖아요, 그렇죠?"

마야는 베이비시터가 자신에게 화를 내고 있다는 느낌을 받았다. '당신이 나를 미워해도 할 수 없어요. 내가 알고 싶은 걸 모두 물어볼 거예요.'

"저는 그때는 아직 차를 다 마시지 않았어요."

"그럼 얼마나 마셨나요? 차는 다 식지 않았나요?"

"그게 무슨 상관인지 모르겠네요!" 리지는 슐이 도와줄 거라고 생각하고 그를 쳐다보았지만 그는 아무 말도 하지 않았다. "저는 아기와 함께 있었기 때문에 차를 바로 마실 수 없었어요. 그게 뭐 어쨌다는 거죠?"

"그러니까 에이미가 들어왔을 때 차는 아직 테이블 위에 있었다는 거죠?"

리지는 그러지 않아도 얇은 입술을 꼭 다물었다.

"네, 그런 것 같네요."

"그러니까 에이미가 들어와서 '리지, 우리 같이 차 마시자.'라고 했고, 당신은 '고마워.'라고 대답했죠. 그런데 차는 테이블 위에 놓인 지 벌써 몇 분…… 몇 분이나 되었나요? 15분? 더인가요? 30분?"

리지는 간신히 화를 참고 있는 것 같았다.

"몰라요, 그게 뭐 어쨌다는 거죠?"

"그 다음에 그녀가 방에서 나갔고 당신은 차갑게 식은 차를 마셨다는 거죠?"

"네, 마셨어요."

"에이미랑 많이 친한가요?"

"아니요, 많이 친하지는 않지만 나쁜 관계는 아니죠."

"식은 차를 좋아하세요?"

"아니요, 안 좋아해요."

"그렇죠, 맛이 없죠! 그럼 왜 새 차를 가져다 달라고 하지 않았나요? '차가 너무 차가워요. 뜨거운 차를 다시 가져다 주세요.'라고 부탁할 수 없었나요? 두 사람 관계가 나쁘지 않다면 말이예요."

리지는 심호흡을 했다.

"저는 그녀를 바로 쫓아내고 싶지 않았어요."

"쫓아낸다는 것이 무슨 뜻이죠? 당신은 매일 그렇게 하나요? 그러니까 아기가 방에 있는 동안 당신이 방에서 나가면 안 되니 말입니다."

베이비시터는 잠시 말을 않더니 얼음 같이 차가운 목소리로 반복해서 말했다.

"나는 그녀를 쫓아내고 싶지 않았다고요. 식은 차를 마시는 것이 범죄인가요?"

슐은 천천히 대답했다.

"아니요, 당연히 아니죠."

그는 마야를 쳐다봤다.

"더 물어보고 싶은 게 있나요?"

"아니-요."

"리지, 이제 가셔도 됩니다."

15장

프랭크는 책상에 몸을 기댄 채 중얼거렸다. 무슨 이유인지는 정확하게 알 수 없지만 리지는 분명히 당황하는 것 같았다. 마야가 생각지도 못한 질문들을 했기 때문이다.

"아가씨는 왜 차에 집착하는 거죠? 그게 중요한 것인가요?"

마야는 한심하다는 표정을 지었다.

"저 여자는 일부러 에이미를 끌어들였어요."

"끌어들였다니 무슨 뜻이죠? 그냥 있었던 일을 시간 순서대로 이야기한 것 아닌가요?"

"글쎄요. 제가 보기에 저 여자는 일부러 우리의 관심을 에이미에게 돌리기 위해 우리에게 이런 여자도 있었어요, 하고 이야기하는 것 같았어요. 이렇게 하는 것을 끌어들였다라고 하죠. 그러니까 '이 여자가 내 차에 약을 탔을 것 같아. 하지만 난 그녀가 그랬다고 이야기하는 건 아니야.'라고 하는 거죠."

"맞네, 끌어들인 거네요. 딱 맞는 말이에요."

프랭크가 큭큭 거렸다.

그는 마야의 노트를 자신에게 끌어당겼다.

"이게 대체 뭐죠? 적는다고 하지 않았나요!"

"쓸 게 있었나요? 서장님께서는 벌써 백 번은 더 조서에서 보지 않았나요?"

"그래서 그 시간 동안 내 초상화를 그렸다는 거예요?"

"그럼 안 되나요? 무슨 차이죠? 그림을 그리는 건 창의적인 과정이고, 사용하지 않던 뇌의 일부를 활성화시키는 것이죠."

"도대체 그런 말을 어디서 들은 거죠?"

마야가 입을 꾹 다물었다.

"미술 선생님이 말씀해 주셨어요."

"어쨌건 아가씨는 그림을 잘 그리네요. 저를 불독과 비슷하게 그렸지만 훌륭한 초상화예요. 아가씨는 화가가 될 수 있을 것 같네요."

"고마워요, 하지만 1년 동안 그림을 안 그렸어요."

"왜 그랬죠?"

"모르겠어요. 그냥 싫증이 났어요."

"싫증이 났다고요? 재능을 가지고 있으니 노력해야죠."

마야는 그를 쳐다보았다. 그녀의 황갈색 눈동자가 반짝거렸다.

"서장님은 우리 아빠와 완전 똑같이 이야기하네요. '일을 시작했으면 끝을 봐야지. 그렇지 않다면 시간만 낭비한 거야.'"

그녀가 장난스럽게 말했다.

"예의를 지켜요! 아가씨 아빠 말이 맞아요."

"뭐가 맞다는 거죠? 아빠는 항상 규칙대로 행동하죠. 무슨 일이 있어도 규칙이 최우선이죠. 저는 어떠한 상황에서도 아빠가 면도를 하지 않은 모습을 본 적이 없어요. 아빠는 항상 규칙대로만 하죠. 하지만 저는 그렇지 않아요! 제가 잘하는 것만 해야 하나요? 그럼 내가 몇 명이 되어도 부족해요. 왜냐하면 전 정말 재능이 많거든요, 아시겠어요? 5년 동안 운동을 했고요. 그림도 배웠어요. 학교에서 작문도 잘 해서 선생님은 제가 재능이 있다고 했어요. 이 모든 걸 다 해야 하나요? 저는 그냥 해볼 뿐이예요. 재미있거든요! 만약 싫증나면 다른 걸 하면 되죠. 왜 그러면 안 되나요?"

슐은 한숨을 쉬었다. 그는 이해할 수 없었다.

"좋아요, 흥분하지 마세요. 잘 했어요. 이 리지랑도 훌륭하게 했어요!"

마야는 자신의 의지와는 달리 얼굴에 미소가 떠올랐다.

"지금이 에이미와 얘기하기에 좋은 시간인 것 같네요. 왜 리지한테 갔는지, 무슨 얘기를 나눴는지 알아보도록 하죠."

하지만 에이미와 얘기할 수 없었다.

프랭크는 그 멍청한 닭대가리 아만다에게 소리를 지르지 않을 수 없었다.

"마이어 부인, 이해가 안 돼요, 제정신인가요? 죄송합니다. 표현이 좀 그랬네요! 어떻게 하녀를 내보낼 수 있죠? 아무도 내보내지 말라고 했잖아요!"

그는 분노로 헐떡이며 얼굴이 위험할 정도로 빨개졌다.

아만다 마이어는 침착함을 유지하려고 애썼다.

"에미미는 해고됐어요. 전 에이미가 집에 있는 걸 참기 힘들었어요."

"해고라니 무슨 말이죠? 전 그녀를 심문하고 싶었어요! 제 일을 이렇게 방해하면 부인의 아기를 어떻게 찾죠?"

"이건 유괴와는 상관없어요. 난 그냥 걔가 여기 있는 게 싫었을 뿐이예요."

"지금 그녀는 어디에 있죠?"

"제가 어떻게 아나요?"

경찰서장은 화를 이기지 못하고 주먹으로 소파의 팔걸이를 내리쳤다.

"에이미가 무슨 짓을 한 거죠?"

마야가 물었다.

"상관없는 일이라고 말했잖아요, 유괴 사건과는 상관없다고요."

"당신은 정말 미친 것 같군요!"

프랭크는 더 이상 신경 쓰고 싶지 않았다.

"상관이 있는지 없는지 당신이 결정할 일이 아닙니다. 무슨 일이 있었는지 모두 이야기해 주세요."

"알겠어요!" 아만다가 잠시 뜸을 들인 후 말했다. "그녀가 비싼 물건을 훔쳤어요."

"그게 뭐였죠?"

마야가 관심있게 물어봤다.

"그건 중요하지 않아요. 그냥 비싸고 아주 귀한 물건이었어요."

"전 그게 무엇이었는지 알고 싶습니다. 그리고 당신은 그걸 그녀가 훔쳤다는 것을 어떻게 아셨나요?"

"제가 정확하게 말을 하지 못했어요. 그녀가 훔친 것이 아닙니다. 훔치려고 했던 거죠. 훔치려는 것을 제가 잡아서 해고를 한 거죠."

프랭크 슐은 깊은 안락의자에서 일어났다. 덩치 때문에 시간이 좀 걸렸다.

"이런 식이라면 마이어 부인, 우리가 어떻게 함께 사건을 해결해야 할지 모르겠네요. 당신은 일을 엉망으로 만들어 놨어요. 지금 저는 잠시 어디를 갔다 와야 해요. 제발 내가 돌아올 때까지 아무도 해고하지 말기를 바랍니다."

그는 마야에게 손짓을 하며 자신을 따라오라고 했다. 출구에서 그는 조용히 말했다.

"후드 써요."

"왜요? 춥지 않아요."

"그냥 써요. 그게 다예요."

마야는 큭큭거렸다. '그렇게 해. 내가 그렇게 말했잖아.'

16장

경찰서로 가는 길에 프랭크는 솟아오르는 분노를 참을 수 없었다.

"이런 바보, 멍청이……." 그는 알맞은 단어를 찾을 수 없었다. "어떻게 그럴 수 있죠?"

"그녀가 거짓말을 하고 있다고 생각하세요? 그녀가 도둑질에 대해 이야기할 때 그녀는 오른쪽 위를 올려다봤어요. 거짓말을 할 때 왼쪽을 보는지 또는 오른쪽을 보는지 깜빡했네요."

마야가 말했다.

"뭐라고요?"

"그런 연구가 있어요. 진실을 말하는 사람은 왼쪽을 보고 거짓말을 하는 사람은 오른쪽을 본다고 하더라고요. 아니면 그 반대일 수도 있죠, 잊어버렸어요! 아숩네요! 그것은 뇌의 어느 부분이 상상력에 관여하는지에 달려 있죠."

"아가씨!" 프랭크가 진지하게 그녀를 바라보며 말했다. "뇌 얘기는 그만하자고요. 날 놀라게 하는군요. 아가씨는 대체 누구죠?"

'이런 바보! 관심을 끌지 말라고 했잖아!'

"지금까지 이야기한 건 잊어주세요. 그냥 책을 많이 읽어서 그래요. 난 뇌에 대해 더 이상 아는 것이 없으니 걱정 마세요. 제게 뇌가 없다고 생각해도 돼요."

경찰서장은 고개를 저었다. 그러니까 뇌가 없다는 거지.

경찰서에는 많은 일들이 그를 기다리고 있었다. 마야는 경찰서장을 눈으로 쫓으며 관찰하였다. 알고 보니 그는 아무것도 잊지 않았다. 먼저 그는 북쪽 문에 경비원을 배치하지 않은 것에 대해 부서장에게 소리를 질렀다. 부서장은 라스가 그곳에서 근무를 했다고 하였다. 그들은 라스를 불렀다. 그는 길고 짙은 콧수염을 기른 키가 크고 마른 남자였다.

"죄송합니다, 서장님! 다시는 그런 일 없을 거라고 맹세합니다! 제겐 어린아이가 있어요. 지금 애가 아픕니다. 아내 혼자서는 감당할 수 없고 도우미를 부를 돈도 없어요. 마음이 너무 불편했어요. 아내가 쪽지를 보내왔어요. 아기가 많이 안 좋다고요. 그래서 아침에 30분 동안 집에 갔었습니다. 모퉁이만 돌면 우리 집이거든요. 용서해 주세요!"

슐은 단추가 풀린 옷깃을 잡아당기며 자제하려고 애썼다.

"이, 이런 사람들 같으니……. 아이는 지금 어떤가?"

"좀 나아졌습니다. 외아들입니다."

"자, 의사한테 가서 내가 보냈다고 해. 그럼 잘 해 줄 거야. 그리고 베이비시터도 고용해. 이거 가져가. 나중에 돌려줄 수 있을 때 돌려줘. 일이나 열심히 해줘, 알겠나!"

"서장님……."

"어서 가, 시간 없어!"

다음에 슐은 하녀 에이미 웨인을 찾으라고 하였다. 프랭크는 그녀의 초상화를 구해서 공고문을 붙이라고 하였다. '이제 뭘 해야 하지?' 그는 생각을 하였다. '그래, 이 여자, 마야의 정체를 알아내야 해. 이 초대받지 않은 도우미를 어떻게 해야 하지?'

"〈마르타네 식당〉으로 가죠. 점심도 먹고 방도 구하죠. 한동안 우리와 함께 있어야 한다는 거 알아요."

마야는 자신의 얼굴이 변하는 것을 느꼈다. 그녀는 마치 가장 중요한 것을 잊어버린 것 같았다.

"슐 서장님. 제 동생을 오늘이나 늦어도 내일은 데리고 와야 해요. 제발 부탁입니다. 오늘이면 더 좋을 것 같아요."

프랭크는 한숨을 쉬었다.

"오늘이나 내일이어야 한다는 거죠?"

"네, 제발 도와주세요."

"좋아요, 너무 걱정 마세요. 어떻게 할 지 제가 알아서 하죠. 아가씨는 말 조심하세요. 너무 많이 떠드는 것 같아요."

"알겠어요."

그녀는 그가 말하는 대로 기꺼이 따를 준비가 되어 있었다.

"한 가지 더." 프랭크는 한동안 생각을 한 후 말했다. "마르타의 아들 빅터와 서로 아는 사이인가요?"

"네, 그런데요?"

"녀석과는 조심해야 해요. 나쁜 친구들이랑 어울려 다니거든요. 녀석과 친하게 지내지 않는 게 좋을 거예요."
'나쁜 친구들이라니, 저런!'

17장

마야는 공포에 질려 프랭크의 그릇을 쳐다보았다.

"진심이세요? 이런 걸 먹는다고요?"

"그게 아가씨와 무슨 상관이죠? 아가씨는 소고기 로스트나 드세요."

"소꼬리 수프? 소꼬리로 만들었다고요!"

"저리 가요, 어서!"

그는 마야가 재미있었다. 그는 누군가가 자신을 마지막으로 웃게 한 것이 언제였는지 기억나지 않을 정도로 웃어 본 적이 없었다.

마르타가 다가왔다. 그녀는 음식이 어땠냐고 물었다.

"마야가 수프를 먹고 싶다고 하네요." 프랭크가 중얼거렸다.

"아뇨, 고맙지만 다음에 먹을게요! 로스트가 맛있네요!"

마야가 서둘러 대답했다.

식당에는 두 사람 외에는 아무도 없었다. 점심 시간이 지났기 때문이다. 마르타는 식탁에 앉아 앞치마를 만지작거렸다.

"서장님, 말씀드려도 될 지 고민하고 있었어요. 하지만 도움이 될 것 같아서요. 마이어 부인의 아버지 드 빌 씨에 관한 일입니다. 남편과 저는 둘 다 외지인이죠." 마르타가 말을 이어갔다. "저희는 동쪽 능선 너머 아멜이라는 역사가 오래된 작은 도시에 살았어요. 저희 둘 다 그곳에서 태어났고 결혼도 그곳에서 했죠. 예전에는 수도의 부유한 관료들이 전국을 여행하다가 우리 도시를 방문하기도 하였죠. 오래된 건물들과 시청 건물 등 아름다운 장소가 많죠. 그러던 어느 날 한 남자가 우리 도시를 찾아왔어요. 처음에는 그의 이름을 몰랐어요. 그는 친구와 함께 비싼 마차를 타고왔고 여관에 묵고 있었어요. 우리는 그들이 취미로 여행하는 부유한 신사라는 것을 알 수 있었습니다. 그들은 깔깔 거리며 이곳저곳을 돌아다녔지만 오래 머무를 생각은 없던 것 같았습니다. 우리는 그들이 서로를 바라보며 "이 시골에서 무얼 가져가지?"라고 말하며 눈을 굴리는 모습을 보았습니다.

그 사람도 릴리아나 루스를 만나기 전까지는 그렇게 행동했죠. 그녀는 저보다 나이가 조금 많았습니다. 아버지는 돌아가시고 어머니와 단둘이 살고 있었죠. 모자 공방과 가게를 운영하고 있었죠. 그녀는 매우 아름다웠습니다. 솔직히 말해서 우리 동네에서 제일 아름다웠죠. 키가 크고 날씬했으며 파란 눈을 가지고 있었죠. 긴 금발 머리를 가지고 아름다운 머리 모양을 다양하게 구현했죠. 얼굴이 햇볕에 타지 않도록 매우 조심했고 피부는 어린아이처럼 하얗고 부드러웠어요."

마르타는 잠시 말을 멈추고 기억을 떠올렸다

"그녀와 그녀의 어머니는 아름답고 값비싼 모자를 만들었습니다. 대체적으로 루스 부인은 자존심이 강하다고 생각했습니다. 왜냐하면 그녀는 항상 고귀한 부모님에 대해 이야기를 하며 릴리아나가 어떤 부자와 결혼할 거라고 말했죠. 그래서 마을에서는 그들을 좋아하지 않았습니다. 그러던 어느 날 수도에서 온 청년 필립 드 빌이 릴리아나를 보고 완전히 넋이 나갔죠. 그는 잘생긴 남자는 아니었으며 키도 작고 뚱뚱하기만 했어요. 하지만 그의 마음은 불타오르고 있었어요. 그는 매일 가게에 출근 도장을 찍으면서 릴리아나에게 꽃과 선물을 가져다 주었죠. 물론 그녀는 거절했지만 그는 아무것도 다시 가져 가지 않았어요. 그녀의 어머니는 '이 잘생긴 젊은 귀족이 내 딸에게 에메랄드가 박힌 반지를 줬어요.'라는 등의 이야기를 하고 다녔죠. 이 일은 약 한 달간 지속되었습니다. 필립은 곧 그 여자를 얻을 수 있는 유일한 방법은 그녀와 결혼하는 것뿐이라는 것을 깨달았습니다. 그래서 그는 프로포즈를 했습니다. 그의 친구는 분명히 화가 나서 혼자 집으로 돌아갔던 것 같습니다. 나중에 생각해보니 그 친구가 아버지 드 빌 씨에게 말했던 것 같았고, 아버지 드 빌 씨는 필립에게 편지를 보내 아들이 집으로 돌아올 것을 요구했습니다. 하지만 필립은 릴리아나에 미쳐 있었습니다. 그래서 릴리아나는 그 청년과 결혼하기로 동의했습니다. 그녀의 어머니는 마을을 돌아다니며 드레스와 꽃 값에 대해 자랑을 했습니다. 그들은 교회에서 결혼식을 올렸습니다. 솔직히 말해서 정말 아름다운 결혼식이었습니다. 마을 사람들 모두가 그곳에 모였죠. 결혼식 직후 가장 좋은 방을 빌린 호텔에서 잠시 머물렀다가 여행을 떠나기로 했습니다. 그는 그녀를 고향에 데려가 가족들에게 소개해 주기로 약속했죠. 하지만 그렇게 할 수 없었습니다."

마르타가 고통스러운 듯 고개를 저었다.

"그때에는 무슨 일이 있었는지 아무도 몰랐습니다. 필립은 집에서 편지 한 통을 받았고 매우 흥분하였습니다. 아버지가 중병에 걸렸고 당장 떠나야 한다고 하였습니다. 그는 상황이 매우 복잡하므로 아내를 당장 데려갈 수 없지만 곧 데리러 올 것이라고 했습니다. 알고 보니 그의 아버지는 자신이 할 수 있는 모든 일을 다 했던 거죠. 그는 왕 폐하께까지 가서 결혼이 무효라는 증명을 받았습니다. 그는 아들이 제정신이 아니라고 주장한 것 같았어요. 한마디로 수치스러운 일이었죠. 필립은 떠난 지 2주 후 릴리아나에게 편지를 써서 자신이 실수를 했고 현명하지 못했다고 사과했습니다. 그리고 릴리아나는 이제 자유라고 하였습니다. 여자의 입장에서는 얼마나 창피한 일인가요! 만약 뱃속에 아이가 생기지 않았다면 그래도 괜찮을 수도 있었을 겁니다."

수프를 홀짝이던 프랭크가 숟가락을 내려놓았다.

"아기라고요? 그 다음에는 무슨 일이 일어났나요?"

"이렇게 작은 도시에 그녀에게 좋은 일이 있을 수 없죠. 그녀는 놀림을 받았고 모자 쓴 백작부인이라는 등 업신여기는 말들을 많이 했죠. 그녀의 어머니는 너무 많은 사람들에게 이야기를 하고 다녔던 것이죠. 릴리아나가 임신했다는 사실이 밝혀졌을 때 사람들은 가만히 있지 않았죠. 온갖 욕과 저주를 퍼부었습니다. 저의 어머니는 뭔가 도와주고 싶어했지만 어떻게 할 수 없었죠……. 그들은 마을을 떠나야만 했죠. 하지만 새로 이사를 간 곳에서도 그들의 결혼 실패 이야기를 알게 되었고 그 때문에 새로운 곳에서도 그들은 평화로울 수 없었다는 이야기를 들었습니다. 이렇듯 슬픈 이야기입니다. 2년 후 저는 결혼했고, 다시 1년 후 남편이 이 집을 물려받았어요. 그렇게 해서 이곳에 살게 되었죠. 그리고 이사를 왔을 때 필립이 새 아내와 함께 이곳에 살고 있으며 딸 아만다가 있다는 것을 알게 되었죠. 저는 조심스럽게 제가 아는 몇몇 사람에게 그들에 관해서 물어봤어요. 이야기하길 아버지가 돌아가시고 아들에게 모든 재산을 물려주었답니다. 그의 아내가 이곳 출신이라서 이곳에 정착했다고 하더군요. 남편과 저는 다른 사람 이야기를 하는 것을 좋아하지 않았어요. 남편은 이 이야기를 아무에게도 말하지 말라고 엄격하게 금지시켰어요. 하지만 필요한 이야기일지도 모른다고 생각했어요."

마야는 더 이상 참지 못하고 말했다.

"릴리아나에게 아기가 있었다고요?"

"네, 딸이 있었다고 들었어요."

슐은 고개를 끄덕이며 마르타에게 고마움을 표시하고 다시 숟가락을 들었다.

마르타는 자리에서 떠났다.

"이제 어쩌죠? 유산 때문일까요? 그러니까 아만다의 아빠에게는 다른 딸이 한 명 또 있는 거죠. 그러니까 그 아이도 그의 상속인이죠. 법에 따르면 누가 돈을 받게 되나요?"

마야가 흥분해서 말했다.

"아가씨, 제발 그만 떠들어요. 부탁이예요. 일단 수프 다 먹고 나서 이야기를 하도록 하죠. 그나저나 아가씨 고기도 식고 있어요. 기름이 딱딱하게 굳을 거예요."

"쳇!" 그녀는 얼굴을 찡그렸다.

마침내 식사가 끝났다.

"그러니까 잘 들어보세요. 우리는 유산과 관계된 이야기를 알게 되었습니다. 아만다 마이어의 아버지 필립 드 빌 씨는 딸에게 유산을 물려주지 않았습니다. 게다가 그는 딸에게 결혼 예물도 거의 주지 않았어요. 그녀는 생활비를 보조 받는데 그게 다죠. 그녀의 남편은 의사입니다. 말이 나왔으니 말인데 훌륭한 의사죠. 귀족 집안 출신이지만 아쉽게도 가난해요. 그래서 다른 귀족 젊은이들과는 달리 스스로 생계를 꾸려야 하죠."

"왜 그녀의 아버지는 그녀한테 그렇게 한 거죠?"

프랭크는 얼굴을 찡그리고 어깨를 으쓱했다.

"나도 이해가 안 돼요. 나는 그 집을 운영하는 사람이 어머니라는 인상을 받았습니다. 그녀도 대단한 사람이죠. 하지만 그건 중요하지 않아요. 중요한 것은 모든 유산이 맏손주에게 남겨진다는 것입니다. 즉, 막대한 재산을 상속받게 될 마크 마이어 주니어가 납치되었다는 거죠."

"그렇다면……." 마야는 자신의 추리 능력에 만족해 하며 말했다. "릴리아나에게는 딸이 있었어요. 그 딸에게 아들이 있고 그가 마크보다 나이가 많다면 그가 상속인입니다! 안 그런가요?"

"그렇게 되는 거죠."

"그렇다면 왜 아기를 납치했을까요? 이렇게 되어서 여기 내 아들이 있다. 이렇게 그냥 와서 설명하던 되지 않나요?"

"나도 잘 모르겠어요. 하지만 드 빌 씨의 어머니를 안다면 그녀가 쉽게 재산을 그런 손주에게 주었을지 의심스럽죠. 어쩌면 이게 바로 문제의 키가 아닐까 생각돼요." 경찰서장이 고개를 저으며 말했다.

"그런 가설이 하나 만들어졌네요."

"아가씨는 어떻게 아나요? 가설 같은 용어를?"

"무슨 문제라도 되나요? 그냥 책을 많이 읽었을 뿐이예요."

"경찰에 대해?"

"왜 자꾸 이러세요! 물론이죠!"

"알겠어요. 일단 여기서 정리하죠. 그러니까 릴리아나 루스의 딸을 찾아야 해요. 난 이제 다시 경찰서를 들려야 해요. 직원 한 명을…… 뭐라고 했죠 그 도시? 아멜. 가서 확인하라고 하죠. 그리고 난 하인들을 계속 심문해봐야 겠어요."

"저도 서장님과 함께 가겠어요, 그래도 되죠?"

18 장

 두 번째 하녀인 니나 밀트는 통통하고 곱슬머리를 하고 있었으며 수다쟁이었다. 그녀의 말을 막기가 너무 어려웠다. 하지만 그녀의 이야기는 흥미로웠다.
 "주인 마님은 오랫동안 손님을 초대하지 않았어요. 그런데 갑자기 손님들을 부른 거죠. 왜 그런 건지 모르겠어요. 아마도 너무 지루했던 것 같아요. 그리고 마님의 친정 부모님도 오셨죠. 사실 마님의 어머니가 그녀를 부추긴 것 같아요. 큰 마님은 온갖 화려한 사교 행사를 좋아하는 사람이거든요. '자선 바자회', '대사 파티' 같은 것을 찾아다니죠. 저를 죽인다고 해도 저는 드 빌 부인을 좋아하지 않아요. 겉에서 보기엔 멋져 보이죠. 하지만 실제로는······."
 "실제로는요?"
 "큰마님은 아무것에도 관심 없어 보였어요. 그 일이 일어났을 때에도 큰마님은 따님과 함께 있을 생각도 안했어요. '여보, 나 정신이 나갈 것 같아! 편두통이 왔어!' 라고 하였죠."

"아버님은요?"

"필립 씨요? 어떻게 말해야 할까요? 그는 착한 사람이지만 아무것도 이해하지 못하는 것 같습니다. 그의 아내가 그에게 꿈속에서 살고 있다고 하는데 그 말이 딱 맞아요. 그는 마님을 안타까워하죠. 그건 분명해요. 하지만 그는 아무것도 할 수 없어요. 무기력한 사람이죠. 그래요. 아주 정확한 말이예요. 그는 혼자서는 아무것도 하지 못해요."

"또 누가 있었나요?"

"거만하기 짝이 없는 포지 부부가 있었죠. 특히 여자는 기가 막힐 정도죠! 말 한 마디 한 마디 그냥 하는 법이 없어요. 말꼬리를 잡고 이야기를 하는데 안하무인처럼 행동을 하죠. 사람을 쳐다보는 눈이……. 남편은 독특한 성격을 가진 신사죠. 솔직히 말해서 그렇게 나쁜 사람은 아니에요. 그러니까 예의가 바른 사람이라는 것이죠. 그리고 레너드 부부도 있었죠."

"그들은 어땠나요?"

"그저 그랬어요. 부인이 남편을 어린애처럼 지켜봤어요. 일일이 모든 걸 챙겨주었죠. 남편은 무언가를 두려워하는 모습이었고, 좀 소란스러웠죠. 사람들이 그러던데 재산은 모두 부인 것이라고 하더군요. 부인이 남편에게 용돈을 준대요. 그래서 남편은 늘 아내의 말에 맞장구를 쳐주죠. '그럼, 여보. 물론이지 여보.'라고요. 생긴 건 멀쩡했어요."

"그들이 도착했습니다. 그 다음에 무슨 일이 일어났나요?"

"가장 먼저 도착한 사람은 주인 마님의 부모님이었어요. 그 다음에 이들 부부가 차례로 왔죠. 우리의 역할은 이렇죠. 하인인 안톤이 처음에 손님들을 맞이하고 우리는 대기를 하죠. 그래서 에이미와 저는 저녁을 먹었죠. 그 다음에 그림자가 저희들에게 자잘한 일들을 시켰어요. 그림자는 집사죠. 그 여자 성이 그림스인데 저희는 그림자라고 부르죠. 그 여자에게는 우리가 그렇게 부른다고 이야기하지 말아 주세요. 손님들은 거실로 안내되었어요. 그곳에 저녁 상이 준비되어 있었죠. 그때가 몇 시였지? 아마도 여섯 시 조금 넘었을 거예요."

"당신은 응접실에서 누군가 나가는 것을 보았나요?"

"바로 지금 그걸 이야기하려고 해요. 처음에는 아기가 아직 집에 있다고 생각했기 때문에 중요하지 않다고 생각해서 말하지 않았어요. 하지만 지금은 서장님께 말씀드려야겠다고 생각합니다. 그전에 저는 독이 든 차에 대해 다시 말씀드릴 게요. 그 차 때문에 저를 너무 힘들게 했거든요. 그러니까 베이비시터 리지가 처음엔 벨을 눌러서 아기를 씻겨야 하니까 따뜻한 물을 가져다 달라고 불렀어요. 아기방엔 벨이 있거든요. 저는 물병을 가지고 니나에게 갔어요. 그런데 그녀가 '니나, 나 너무 배고파. 혹시 차 한 잔 가져다줄 수 없어?'라고 말하는 거예요. 예의 바르게 말이죠. 그녀는 항상 그렇게 말하죠. 그날 그녀는 점심을 먹고 싶어하지 않았어요. 어디가 아픈 건 아닌지, 무슨 문제가 있는 건 아닌지 걱정이 되었죠. 저는 차를 가져다 주려고 주방으로 갔습니다. 그런데 요리사는 너무 바빴어요. '난 지금 차를 만들 시간이 없어, 니나! 한 시간 정도 기다리거나 직접 만들어.'라고 말했어요. 그래서 저는 차를 직접 만들기 시작했죠. 어려운 일이 아니니까요. 게다가 그렇게 간절하게 부탁을 하는데 해줘야죠. 그때 그림자가 나타났어요. 아, 그러니까 그림스 부인이요. 다행이도 그녀는 제가 차를 따르고 나르는 내내 제 곁에 있었어요. 왜냐고요? 왜냐하면 그녀는 제게 라벤더 향이 든 주머니에 대해서 말을 해야 했거든요. 이불에 넣어두는 향주머니 말이예요. 저는 그것을 주인 마님의 옷장에 넣었는데 그녀는 라벤더를 싫어하죠. 그래서 그림자는 '이 집에서 일을 할 때 주의해야 할 사항을 이제는 알아야 하지 않아?'라는 등 저를 나무랐지요. 그녀는 저를 따라 계단을 올라가 아기방까지 같이 들어갔어요. 정말 다행인거죠. 안 그랬다면 다들 제가 차에 뭔가를 넣었다고 말했을 거 아니예요. 그녀는 제가 이 사건과 아무 관련이 없다는 증인이 될 수 있잖아요. 정말 다행이죠."

"아기방에서는 무슨 일이 있었나요?"

"별일 없었어요. 아기방은 두 곳으로 나뉘어 있는데 두 번째 방은 파우더룸이에요. 첫 번째 방은 비어 있었고, 리지는 아기를 씻기고 있다고 소리 쳤어요. 그녀는 고맙다고 하면서 차를 탁자 위에 두고 가라고 했어요. 그래서 그렇게 했죠. 그러고 나서 그림자가 안방 서랍장에 있는 이불을 바깥에 널라고 했죠. 잠시 후 침실에서 밖을 내다보니 오만한 베로니카 포지가 있었어요."

"그녀가 어디에 있었나요?"

"2층에 있을 이유가 없었는데 그녀는 계단을 내려가고 있었어요. 저는 바깥 쪽으로 몸을 더 내밀었어요. 그랬더니 마치 아기 울음소리 같은 것이 들렸어요."

"그러니까 아기는 아직 자기 방에 있었네요."

"네, 물론이죠…… 그러니까……. 아! 저는 아기가 거기 있는 줄 알았던 거죠……. 방에서 소리가 난 줄 알았으니까요……. 제가 봤다면 봤다고 이야기했을 거예요. 제가 이 빨래 때문에 얼마나 고생했는지 아세요? 빨래를 다 널고, 바람을 쐬고, 털어서 깔끔하게 갰지요. 차 마실 시간도 없었어요! 그래요, 정확히 아기는 방에 있었어요."

"좋아요. 리지에 대해 말해봐요. 그녀와 친한가요?"

니나는 천천히 고개를 저었다.

"리지는 자기만 아는 사람이에요. 누구와도 싸우지 않지만 친구도 없어요. 저는 에이미와 주말에 몇 번 같이 놀러 간 적이 있어요. 하지만 리지는 아니에요. 그런 걸 좋아하지 않아요. 리지는 노는 걸 싫어하는 것 같아요.

"에이미가 해고된 이유를 아세요?"

니나는 잠시 생각했다.

"솔직히 아무도 몰랐어요. 그날 다음날 아침에 알았어요. 그녀가 들어와서 짐을 싸기 시작했죠."

"에이미가 아무 말도 하지 않았나요?"

"아무 말도 않고 트렁크에 자기 물건들을 모두 넣었죠."

"마이어 씨는 어디를 간 거죠?"

"몰라요. 아무도 몰라요. 아마도 마이어 씨와 마님이 싸운 게 분명해요. 둘 다 아무 말도 하지 않았어요. 아기를 도둑맞았으니 이해할 수 있죠. 그런데 우연히 들은 이야기로는…… 부인이 뭐라고 그에게 잔소리를 했다는데…….".

"뭐라고 했다는 거예요, 니나!"

"아, 아니요. 전 몰라요. 그러니까 그가 양심이 없다는 등 뭐 그런 이야기를 했다는 것 같아요. 그렇게 된 거죠. 그리고 그는 집을 나갔죠."

"집 주변에 낯선 사람이 돌아다니는 거 못 봤나요?"

니나는 잠시 생각하다가 고개를 저었다.

"아니요."

마야는 학교에서 학생들이 그러는 것처럼 손을 들었다. 슐은 슬그머니 고개를 끄덕였다.

"에이미와 마지막으로 춤을 추러 간 것이 언제였나요?"

"아, 네. 아마 한 달은 더 되었을 거여요."

"왜 더 안 갔나요?"

"그러니까 에이미가 원하지 않았어요. 에이미는 그러니까 부자와 결혼하고 싶어 하죠. 그러니까 에이미는 나하고 노는 게 재미없어졌죠. 최근엔 좀 이상한 사람처럼 행동을 했어요. 무언가에 들떠서 다녔어요. 한번은 저한테 '돈이 생기면 집주인 찬장에 있는 것보다 더 좋은 그릇을 살 거야'라고 하는 거예요. 알겠어요?"

프랭크가 말했다.

"주인 마님에 대해 말씀해주시겠어요?"

니나는 잠시 생각한 후 말을 이었다.

"마이어 부인은 나쁜 사람은 아니에요. 다만 그녀는 너무 많은 것을 억제하고 있어요. 자존심이 센 거죠. 한번은 마님이 남편에게 쉿 소리를 냈죠. 처음이었어요. 그 외에는 항상 자제했죠. 서장님께 솔직히 말씀드리는데 끝은 별로 좋지 않을 거예요. 스프링을 계속 누르면 언젠가는 튀어나오게 되어 있죠."

"여기 온 지 얼마나 됐나요, 니나?"

"1년 반 됐어요. 주인 마님이 결혼한 후에 바로 여기에 왔으니까요."

"누가 소개시켜 주었나요?"

"그림스에게 물어보세요. 제 신원은 확실해서 안심하셔도 돼요."

19장

　요리사와 주방 보조는 새롭게 한 말이 없었다. 그들은 그날 부엌을 떠나지 않았기 때문에 그날 밤에 많은 것을 보지 못했다. 슐이 유일하게 관심을 가진 것은 레너드 씨네 마부가 하인들과 함께 식사를 했는지 여부였다. 저녁을 먹었을 뿐만 아니라 그는 바보 같은 농담으로 모두를 지루하게 했으며 차까지 마셨다는 것이 밝혀졌다.

　"그건 왜 묻죠? 마부 말이예요?"

　마야가 물었다.

　프랭크는 수첩에 글을 쓰는 데 집중하고 있었다.

　"레너드에 대해서는 나중에 설명할게요. 그는 거짓말을 하고 있어요. 마부를 찾고 있다고 했는데 마부는 하인들과 함께 있었어요. 그건 나중에 얘기하죠. 일단 여기 일부터 정리를 하고요."

　하인이 들어왔다. 아주 평범한 얼굴에 금발의 중년 남자였다.

　"앉으세요."

프랭크가 펜을 잡았다.

"이름을 말해보세요."

"안톤 라스트입니다."

"여기서 일한 지 얼마나 됐나요?"

"1년 반입니다, 슐 서장님. 그 전에 저는 마이어 씨의 아버님을 모셨죠."

"아이가 실종된 날 밤에 대해 말해줄래요."

안톤은 생각에 잠겼다. 그는 매우 침착했다. 그는 조용하고 신중하게 말했다. 마야는 그에게 더 크고 또렷하게 말해달라고 부탁하고 싶었다. 그는 잔뜩 긴장하고 있었다. 하인들은 모두 이렇게 침착해야만 하는 걸까?

"손님들이 6시쯤 도착했습니다. 저는 거실에서 테이블 서빙을 했습니다. 저녁을 먹은 후에 거실 안의 다른 쪽으로 손님들이 이동을 했습니다. 와인과 과일이 제공되었습니다. 남자들은 앉아서 카드놀이를 하고 여자들은 다른 테이블에서 이야기를 나눴어요."

하인은 잠시 생각을 했다.

"레너드 씨가 와인 잔을 떨어뜨려서 유리 조각들을 치워야 했는데 얼룩을 다 지우지 못했습니다. 여덟 시에 포지 부인이 몸이 좋지 않다고 말했습니다. 그녀는 정말 창백했으며 거의 아무것도 먹지 못했습니다. 저는 그들의 마부에게 마차를 대라고 했죠. 그리고 그들은 갔습니다."

"마부를 부르러 직접 갔나요?"

"네, 마부는 하인들의 식당에 있었어요."

"포지 부인이 저녁 식사 중에 거실에서 나간 적이 있나요?"

안톤 라스트는 확신하면서 고개를 끄덕였다.

"분명히 그녀는 베란다로 나가서 그곳에 혼자 남아있었습니다. 그녀는 15분 정도 자리를 비웠어요. 저는 그녀가 쓰러질까 봐 걱정을 하였기 때문에 정확히 기억이 납니다. 그렇게 되면 일이 번거롭게 되기 때문이죠."

"그렇군요. 베란다에서 집 안으로 들어오는 다른 방법은 없나요?"

"네, 물론 있죠. 베란다에는 복도로 연결되는 다른 문이 있어요. 하지만 그럴 필요가 있었을까요?"

"다음에는 무슨 일이 있었나요?"

"저는 레너드 씨와 드 빌 씨는 오래 있을 거라고 생각했지만 그들도 금방 떠났어요. 마이어 부인은 레너드 부인과 약간의 의견 차이가 있었던 것 같았어요. 제 생각에는 말입니다. 그래서 레너드 부인은 집에 가고 싶다고 말을 했던 거죠."

프랭크는 의자 등받이에서 몸을 떼며 말했다.

"자, 좀 더 자세히 말해주세요. 무슨 다툼이었나요?"

"솔직히 알지 못하기 때문에 말을 할 수 없어요. 저는 그저 레너드 부인의 불만에 차 있는 모습을 봤던 거죠. 나중에 드 빌 부인이 딸에게 손님들에게 무례했다고 말했죠."

"그 다음은."

"말씀드렸듯이 레너드 부인이 가겠다고 했죠. 저는 그들의 마부를 부르러 가려고 했죠. 그런데 레너드 씨가 직접 부르겠다고 했어요. 바람 좀 쐬고 싶다고 하시면서 나가셨어요."

"얼마나 걸렸나요?"

"꽤 오래 걸렸어요. 30분 이상이요. 꽤 어색한 상황이었습니다. 드 빌 부인은 상황을 수습하려고 애썼지만 모두가 불편해하는 게 보였어요. 마침내 레너드 씨가 돌아왔고 그와 그의 아내는 자리를 떠났습니다."

"마이어 부인의 부모님은 언제 떠났나요?"

"15분에서 20분 정도 후에요. 아이가 없어진 것이 발견되자마자 바로요. 그러니까 이렇게 된거죠. 드 빌 부인은 손님맞이가 매우 불만스러웠다고 딸에게 말했습니다. 드 빌 씨는 파이프 담배를 피우고 있었고요. 재가 카펫에 묻어서 청소해야 했는데 청소가 쉽지 않았습니다. 두 분이 떠나기 직전에 마이어 부인이 아기방으로 올라가서 아기가 없어졌다는 것을 확인했습니다. 저는 그녀의 비명 소리를 듣고 접시를 떨어뜨렸어요. 마이어 씨의 어머니가 쓰던 커다란 도자기 접시였어요. 너무 갑작스러웠어요. 비명 소리만 아니었다면……"

"그날 저녁에 기억나는 게 또 있나요?"

프랭크가 말을 끊었다.

안톤은 잠시 생각에 잠기며 헝클어져 있는 머리를 만지작거렸다.

"여러 가지 일이 많았어요. 제 생각에 마이어 부인은 저녁 만찬을 원하지 않았던 것 같아요. 마이어 씨도 마찬가지고요. 잘 모르겠지만 드 빌 부인의 생각이었던 것 같아요. 제 생각입니다. 제가 틀릴 수도 있죠."

"이곳에서 일을 하는 하녀들에 대해서 이야기해 주시겠어요. 예를 들어 에이미 웨인 말이예요."

남자는 인상을 찌푸렸다.

"벌써 소문이 났나요? 그런 거 아니에요. 에이미는 매력 있는 여자예요. 전 그냥 에이미에게 관심을 보인 것인데 에이미는 여기 처음 왔고 신입이었기 때문이죠, 아시겠죠? 이곳의 규칙도 잘 모르고요. 저는 에이미가 실수하지 않도록 어떻게 해야 하는지 설명해주었어요."

"무슨 일이 있었나요?"

"저는 그녀가 왜 그렇게 화를 냈는지 모르겠어요. 아주 무례한 여자죠. 저한테 가까이 오지 말라고 했어요. 전 그냥 냅킨을 잘못 접는다고 설명해주고 싶었어요. 순서가 있잖아요, 아시죠? 그 순서에 따라 접어야 냅킨이 펼쳐지지 않아요."

나쁜 사람. 마야는 실종된 에이미에게 동정심을 느끼기 시작했다.

"그녀는 왜 해고된 걸까요?"

"솔직히 모르겠어요. 그녀가 주인마님에게 무례를 저질렀다고 해도 놀랍지 않을 것입니다."

"다른 여자들, 리지와 니나는 어떤가요?"

안톤 라스트는 눈썹을 치켜들고 천천히 고개를 끄덕였다.

"나쁜 사람들이 아닙니다. 그들은 좋은 일꾼들이죠. 니나는 말이 많은 건 사실이지만 열심히 일하죠. 요즘 너무 정신이 없어요. 이해하실 거예요."

"마야?"

프랭크가 그녀를 쳐다보았다.

"아뇨, 물어볼 게 아무것도 없어요."

그녀는 안톤이 빨리 나가기만을 바랐다.

20 장

집사인 그림스 부인이 들어왔다. 입술을 꼭 다물고 모자를 이마 위로 내려쓰고 있었다.

"엘리너 그림스 부인 맞죠?"

"네, 맞습니다. 서장님."

"아이가 실종된 날 밤에 대해 말해 주시겠어요?"

그림스 부인은 한숨을 쉬었다.

"슬픈 일이지만 기억이 흐릿해요. 그날 집안일이 많았기 때문에 정신이 없었죠. 그래서 할 말이 많지 않아요. 아침에는 집안을 깔끔하게 정리했어요. 에이미에게 은식기를 닦으라고 했고요. 저녁에 먹을 음식은 다 샀는지 확인했어요. 평소처럼요, 아시겠어요?"

"기억나는 게 없나요?"

"리지가 마신 차에 대해 많이 물어봤어요. 다시 말하지만 니나가 독을 탔을 리가 없어요."

"우리에게도 차에 대해 자세히 말해주세요."

"주전자에 물이 끓고 있을 때 전 부엌으로 들어갔어요. 니나가 마이어 부인의 서랍장에 라벤더 향 주머니를 넣었다는 이야기를 들었거든요. 저는 니나의 부주의함에 화가 났습니다. 마이어 부인은 라벤더 향을 좋아하지 않았고 니나도 그걸 알고 있었으니까요. 그런 걸 어떻게 잊어버릴 수 있죠? 저는 그녀를 꾸짖고 함께 위층으로 올라가 빨래를 말리는 것을 잊지 않도록 했습니다. 그녀는 제 앞에서 차를 끓여 아기방으로 가져갔어요. 그 뒤에 저는 그녀를 안방으로 보냈어요."

"에이미 웨인에게 무슨 일이 있었나요? 왜 해고된 걸까요?"

집사는 어깨를 으쓱했다.

"모르겠어요. 짐작조차 할 수 없어요. 다음 날 아침 그녀는 그냥 짐을 싸서 떠났어요."

"그녀가 여기 온 지 얼마나 됐나요?"

"겨우 한 달 되었어요. 하녀가 필요했는데 그녀가 가지고 온 추천서가 아주 훌륭했지요. 혼자서 왔어요."

"주소나 그녀에 대한 정보가 있나요?"

"아뇨, 제가 왜 알아야 하죠?"

"알겠습니다, 감사합니다."

프랭크는 일어나서 서재 안을 한 바퀴 돌았다.

"아가씨는 어떻게 생각해요? 말 좀 해봐요."

마야는 다리를 쭉 뻗었다.

"에이미 웨인을 찾아야겠네요. 모든 게 그녀를 가리키고 있어요. 그녀는 얼마 전에 새로 일을 시작했어요. 이게 첫 번째 이유고요. 무언가 좋지 않은 일로 해고를 당했어요. 이게 두 번째 이유죠. 이것이면 충분해요!"

"우린 이미 그녀를 찾고 있어요. 또 뭐가 있죠?"

"몸이 아팠다던 부인이 왜 위층으로 올라갔는지 알아내야 해요. 그리고 기분이 나빴던 두 번째 부인의 남편은 30분 동안 어디에 있었는지 알아봐야 해요. 어쨌든, 이해하기가 좀 힘든 부분이 있어요. 마차가 여기 마당으로 들어올 수 있던데, 보셨지요? 문지기가 아무것도 눈치 채지 못했다면 아기를 안아서 데리고 나간 것이 아니라 마차에 태워서 데리고 갔다는 거죠. 그것은 손님 중 누군가가 그렇게 했다는 거죠. 간단하지 않나요?"

"그렇군요." 프랭크는 한숨을 쉬며 말했다. "하지만 어떻게 그 손님들에게서 진술을 받아낼 수 있느냐는 거예요. 질문을 해봤는데 미꾸라지처럼 잘 빠져나갔죠. '우린 아무것도 몰라요.' 그게 다예요. 레너드 씨에게 어디 있었냐고 했더니 마부를 찾았다고 했어요. 마부가 하인들과 함께 있었다는데 어디서 찾았다는 걸까요? 그런데 문지기는 실제로 그가 정원에서 마부를 찾아 헤맸다고 했어요. 알리바이! 완벽하죠. 알겠어요?"

"그렇죠. 하지만 어쨌거나 한 번 더 그들을 심문해야 할 것 같아요."

프랭크는 한숨을 크게 쉬었다.

"그래야겠네요. 오늘은 그들 중 한 명은 심문할 수 있지만 두 명은 심문하기 힘들어요. 먼저 포지 씨 집으로 가보죠."

"그러죠. 그 부인에게 가 보죠! 그녀는 분명 뭔가 숨기고 있을 거예요. 왜 위층으로 올라갔을까요?"

처음 마이어 씨의 집을 봤을 때 마야는 아주 호화로운 저택이라고 생각했다. 하지만 현지 기준으로는 그 집이 그렇게 호화롭지 않다는 것을 깨달았다. 포지 부부는 진짜 오래된 성에 살았다. 뾰족한 탑과 스테인드글라스 창문, 엄청나게 큰 정원이 있었다. 그리고 화려함의 절정은 검은 백조가 헤엄치는 호수였다. 그렇다! 바로 이런 걸 럭셔리라고 한다!

베로니카 포지가 지루한 표정으로 아름답게 꾸며진 응접실에 앉아 있었다. 안락의자의 황금빛 실크 장식은 커튼의 색상과 완벽한 조화를 이루었다. 우아하게 드리워진 커튼 사이로 폭포수와 동상이 있는 녹색 잔디밭의 훌륭한 전망이 보였다. 안주인 자신도 이 방의 또 다른 보석이었다. 얇고 창백한 그녀의 금발 머리는 머리핀으로 올림머리로 스타일링 되어 있었다. 그녀의 파란 눈과 어울리는 부드러운 파란색 드레스가 그녀의 몸매를 느슨한 주름으로 덮고 있었다. 슐은 마야를 자신의 조수라고 하면서 소개했다. 마야는 놀라서 동그래진 눈을 보여주지 않으려고 애썼다.

"서장님, 정말 놀랍군요. 저는 아는 게 별로 없을 뿐 아니라 아는 것은 이미 다 말씀드렸습니다." 그녀의 목소리는 놀랍도록 낮고 울림이 있었다. "미리 사과드리지만, 시간이 많지 않아요. 남편과 저는 중요한 리셉션에 초대받아서 준비를 해야 하거든요. 이 상태로는 갈 수 없잖아요. 준비할 게 너무 많아요."

"실례합니다만, 부인. 이건 매우 중요한 문제입니다!" 서장은 그녀의 무뚝뚝한 어투에 겁을 먹지 않은 것 같았다. "아이가 실종됐으니까요. 그날 저녁에 대해 다시 말씀해 주시겠습니까?"

"또 그날 이야기를 하라는 거군요? 그날은 그냥 평범한 저녁이었어요. 남편과 저, 레너드 씨 부부와 드 빌 씨 부부가 초대받았죠. 솔직히 저는 몸이 안 좋았습니다. 지금도 몸이 좋지 않아요. 하지만 사교계에는 의무가 있죠. 이해하시죠! 행사에 참여를 꼭 해야 하는 경우가 있습니다. 예를 들면 오늘 밤이죠. 폐하의 조카딸이 들른다는 거예요. 어떻게 초대를 거절할 수 있죠?"

포지 부인은 아주 달콤한 어조로 말했지만, 마치 릴을 돌리는 것 같았다. 의미 없는 수다. 일부러 관계없는 말을 하는 걸까?

프랭크는 기침을 하며 부드럽게 말을 끊었다.

"리셉션 중에 응접실을 나가신 적이 있나요?"

베로니카는 얼굴을 찡그렸다. 눈썹이 완벽하게 정돈되어 있었는데 눈썹 사이에 작은 주름이 생겼다.

"솔직히 기억이 나지 않습니다. 베란다에 나갔던 것 같아요. 정확하지는 않지만 말이죠."

"2층에 올라가셨나요?"

"무슨 말씀이세요? 저는 위층에 올라간 기억이 없어요. 왜 저한테 그런 걸 묻는 거죠?"

베로니카가 눈썹을 치켜 올리며 말했다.

"하지만 하녀 중 한 명이 위층에서 당신을 봤다고 합니다."

"말도 안 돼요! 그건 오해예요!"

그녀는 자신만만하게 말했다.

"그녀는 자신의 말에 책임질 수 있다고 말했습니다. 기억해내길 간청합니다."

"그런 적 없어요."

여자의 눈에서 차가운 빛이 반짝였다.

프랭크는 고개를 절레절레 흔들며 눈을 감았다. 마야가 조용히 물었다.

"아만다 마이어 부인이 불쌍하지 않나요?"

베로니카는 몸을 떨었다.

"동정심이 없냐고요? 이상한 질문이네요. 예, 물론 그녀를 안타깝게 생각하지만, 그녀의 슬픔을 완전히 공감한다고 말할 수는 없습니다. 아이……. 아이를 갖는 것은 아주 쉬운 일이죠."

"정말요? 어떤 사람들은 몇 년 동안 아기를 갖지 못해요."

여자는 짜증을 참으며 대답했다.

"그럴지도요. 지금 그것은 중요하지 않다고 생각합니다."

마야가 물었다.

"자녀가 있나요?"

"아니요……."

"아이를 원하세요?"

"무슨 말이죠?"

포지 부인의 벨벳 같은 목소리에 갑자기 삐걱거리는 히스테리 음이 섞였다.

슐은 흥미롭게 두 사람을 쳐다보고 있었다.

"대답해 주세요. 부탁입니다."

베로니카 포지 부인은 뺨이 붉게 상기된 채 일어섰다.

"쓸데 없는 이야기예요. 이제 가서야 할 것 같아요."

그녀는 우아하게 출구를 향해 움직였다.

마야는 자리에서 일어나 문을 막아섰다.

"뭔가 오해하고 계신 것 같아요, 포지 부인. 우린 경찰입니다. 지금 비공식적인 자리에서의 질문에 대답을 거부하면 체포될 겁니다. 아마 오늘 밤 당신의 중요한 리셉션 장소에서 그렇게 될 지도 모릅니다. 당신에겐 그렇게 할 권리가 있죠……. 뭐, 신경 쓰지 마세요. 하지만 당신은 공개적으로 체포될 겁니다. 네, 그리고 당신이 말하는 모든 것은 당신에게 불리하게 작용될 수 있습니다."

'세상에. 영화에서 본 대로 그대로 이 여자에게 쏟아부었네.'

프랭크는 자신의 귀를 믿을 수 없었다. '저 아가씨가 무슨 말을 하는 거지? 정말 놀랍군!'

베로니카는 눈살을 찌푸렸다.

"이게 다 무슨 말도 안 되는 소리죠?"

"오늘 밤 리셉션 장소에서 알게 될 것입니다."

여자는 한숨을 크게 쉬며 뒤로 물러났다.

"원하는 게 뭐죠? 저는 그 아이를 건드린 적도 없고 무슨 일이 있었는지도 전혀 모릅니다."

"우리가 원하는 것은 무슨 일이 있었는지 말해주시는 겁니다!"

마야는 프랭크를 바라보며 고개를 끄덕였다.

"좋아요." 베로니카는 소파에 앉아서 손으로 눈을 가렸다. "위층으로 올라가서 아기방을 들여다봤지만 아기는 보이지 않았어요. 방이 비어 있었어요. 하지만 완전히 비어 있지는 않았죠."

그녀는 아이러니한 말을 덧붙였다.

"아만다는 눈에 띄는 모든 장난감을 사들였어요. 심지어 나중에 더 크면 쓰게 될 남자 아이들의 장난감을 사두기까지 했죠! 물론 그건 알아서 할 일이죠. 그러니까 문은 열려 있었지만 요람은 비어 있었고 베이비시터도 없었습니다. 베이비시터가 옆방에 있다는 건 목소리가 들려서 알았어요. 그래서 그냥 계단을 내려갔어요. 그게 제가 아는 전부예요. 이제 두 분은 가셨으면 합니다."

"어떤 목소리였죠?"

프랭크는 그녀가 왜 거기 갔는지 물어보려고 입을 열었지만 마야가 먼저 말을 꺼냈다.

"어떤 목소리를 들었는지, 왜 그곳에 갔는지 설명해 주세요."

서장도 화난 모습으로 그녀를 바라보며 질문을 덧붙였다.

베로니카는 거만하게 고개를 들고 눈을 가늘게 뜨고 있었다.

"두 사람의 목소리였어요. 하녀 두 명이 쓸데없는 이야기를 하고 있었어요."

"정확히 누군지 모르세요?"

슐이 계속 물었다.

"놀리시는 거예요? 하녀들의 목소리를 구별해야 하나요? 글쎄요, 한 명은 분명히 베이비시터였어요. 아기가 거기 있었고 그 소리를 들을 수 있었으니까요. 다른 한 명은 하녀였을 거예요. 그게 중요한 것인가요?"

"네, 중요할 수도 있죠. 정확히 무슨 이야기를 들었는지 기억해 보세요."

"아, 정말 바보 같은 이야기예요. 한 사람은 '나를 좋아하는 게 확실해?'라고 말했어요. 다른 한 명은 '당연히 다른 사람들은 다 알아챘는데 너만 못 알아보는 거야!'라고 말했죠."

"그렇군요. 정말 쓸데없는 말이군요. 그럼 당신은 왜 거기 갔지요, 포지 부인? 설명하지 않으면 이제 당신은 용의자 중 한 명이 될 것입니다."

마야가 힘을 주어 말했다.

베로니카가 벌떡 일어났다. 자제심을 잃은 것 같았다.

"바로 그런 거였군요! 내가 충분히 의심스럽다는 거죠? 만족하셨나요?"

그녀는 파란 드레스를 단단히 움켜쥐었다.

"혹시 임신하신 건가요?"

슐이 조용히 물었다.

"네, 맞아요." 베로니카는 의자에 앉아서 손을 흔들었다. "아직 아무도 모릅니다. 어떻게 해야 할 지 모르겠어요. 전 아이를 원하지 않았죠. 그런데 지금……. 그러니까 저는 누군가를 돌보는 데 익숙하지 않아요. 그것 보다도 지금은 너무 메스껍고 힘도 없고 그래요. 너무 힘들어요. 저는 그냥 아기를 한 번 보고 싶었어요. 아기를 보면 혹시 괜찮아지지 않을까 해서 말입니다. 아만다 마이어가 그 아이에게 미쳤듯이 말이예요. 제가 할 말은 이게 다예요. 그러니까요 전 두 번째 아이도 게다가 낯선 사람의 아이도 원하지 않아요. 이제 정말 실례를 해야 할 것 같아요. 전 이만 가봐야 겠어요."

"고맙습니다."

서장은 깊은 생각에 빠졌다.

금박 옷을 입은 하인이 현관까지 그들을 바라다 주었다.

"저는 경찰서에 들려야 해요. 〈마르타네 식당〉 앞에 내려줄게요." 슐이 말했다.

"알겠어요. 그 전에 부탁이 하나 있어요. 저는 사실 여기 오래 있을 생각이 없었어요. 그래서 살 것이 조금 있어요. 손수건하고 몇 가지……."

프랭크가 손을 들었다.

"여성용품 나열은 할 필요 없어요!"

21장

"여기가 여성복 가게예요. 란제리랑 다 있을 거예요. 나는 마차에서 기다릴게요. 서둘러 주세요. 이것저것 입어보지 말아요, 알겠어요? 필요한 거 있으면 바로 사고 바로 출발해요. 시간 오래 끌지 말아요. 내가 젊은 여자에게 옷을 사주었다는 소문을 듣고 싶지 않아요."

경찰서 마부는 아마 슐이 그러고 있고 미쳤다고 생각하고 있을 것이다.

"걱정마세요, 서장님." 마야는 고개를 들어 화려한 드레스가 그려져 있는 철제 간판을 바라봤다. "저는 쇼핑을 좋아하지 않아요. 금방이면 돼요. 1~2분이면……."

그녀가 문을 밀자 종이 울렸다.

"멈춰요! 돈을 가져 가야죠!"

"저도 있어요! 봐요!"

"그렇군요. 만약 부족하면 말해요." 프랭크가 투덜거리며 말했다.

'하여간 재미있는 아가씨야. 내 딸하고는 전혀 달라. 무언가…….' 이상하게도 마음 속 어딘가 짠한 마음이 들었다.

그녀는 정말 옷을 이것저것 입어보는 것을 좋아하지 않는 것 같았다. 그녀는 커다란 종이로 둘둘 말은 것을 들고 금방 가게에서 나왔다. 하지만 무엇 때문인지 인도에 서서 길 건너편을 바라보며 시간을 잠시 끌었다. 그러더니 갈까 말까 주저하듯 발끝을 움직이더니 재빨리 길을 건너갔다.

'어디로 가는 거지?'

마야는 과자 가게 앞에 섰다. 그녀는 약간 어지럽다는 이상한 느낌을 받았다. 그녀는 작은 가게의 안쪽 벽이 짙은 색 나무로 둘러싸여 있다는 것을 확실하게 알고 있었다. 가게 안쪽에서는 정향과 계피 냄새가 났다. 초콜릿은 얇고 바스락거리는 종이에 싸여 있고 키가 큰 꽃병에는……. 키가 큰 꽃병에는 크고 화려한 막대 사탕들이 꽃처럼 꽂혀 서 있을 것이다.

마야는 자신도 모르는 채 무언가에 이끌려 가게 안으로 들어갔다. '그래, 바로 여기야.' 그녀는 눈을 감았다. 카운터 뒤에 서 있던 얼굴이 붉은 여자가 불안한 미소를 지으며 물었다.

"뭐 필요하신 게 있나요?"

"막대 사탕 얼마예요?"

마야는 질문을 했지만 왠지 모르게 대답도 알고 있었다.

"막대 사탕이요? 3그로센이요."

"항상 3그로센이었나요?"

여자는 굳은 표정으로 고개를 끄덕였다.

"저희는 오랫동안 한 가격을 유지하는 데 자부심을 가지고 있습니다."

분명 학습된 문구였다. 마케팅 문구 말이다.

"이 가게는 얼마나 되었나요?"

"아, 아주 오래됐죠. 전에는 다른 주인이 경영을 했어요. 5년 전에 우리가 샀죠. 전에도 오신 적이 있나요? 우리는 아무것도 바꾸지 않으려고 노력했어요. 우리 생각에는 따뜻한 느낌이 좋아서요. 뭘 사실 건가요?"

마야는 진저브레드 냄새 때문에 어지러웠다.

"막대사탕 하나 주세요. 이것으로, 큰 거요."

마야가 지갑을 열었다. 잔돈이 하나도 남아있지 않았다. 그녀는 금화를 꺼내 카운터 위에 올려놓았다. 여자는 긴 나무 막대기에 꽂혀 있는 다양한 색깔의 사탕을 내밀었다.

"포장해 드릴 게요. 여기 잔돈입니다."

무엇 때문인지 눈앞이 캄캄해졌다. 그리고 갑자기 어딘가에서 영화의 한 장면 같은 기억이 떠올랐다. 다양한 색깔의 막대사탕이 자갈길에 떨어지면서 수백 개의 무지개 빛깔 조각으로 산산조각나는 장면이었다. 그리고 사방에서 사람들의 웃음소리가 파도처럼 밀려왔다.

"좀 잡아주세요, 금방 갈게요." 슐 씨의 목소리였다.

"무슨 일이죠?" 마야는 고개를 흔들며 나무로 된 바닥에 앉아서 얼굴을 찡그리고 있었다.

"내가 할 질문이에요. 확실히 쇼핑을 좋아하지는 않는 것 같아요. 하지만 기절하는 것을 좋아하는 것 같군요. 물을 좀 뿌려줄까요?"

"무슨 기절이요?" 그녀는 일어났다. "괜찮아요. 제가 정말 기절했나요?"

카운터 뒤에 있던 여자가 겁에 질려 고개를 끄덕였다.

마야는 약간 기운이 없었지만 괜찮았다.

"여기가 좀 답답해서 그랬나 봐요. 알았어요, 죄송합니다. 그냥 아무 일도 아니에요."

슐은 그녀를 출구 쪽으로 데리고 갔다.

"사탕을 잊으셨어요." 붉은 얼굴의 과자점 주인이 소심하게 말했다.

"저, 하나 더 주시겠어요? 어떤 거든 상관없어요. 저기 있는 수탉 모양의 사탕을 주세요. 고마워요."

마야는 간신히 말을 하였다. 사실 그녀는 제 정신이 아니었다.

마차 안에서 프랭크가 우울한 표정을 지으며 물었다.

"어디 다치진 않았어요?"

"아뇨, 전 괜찮아요. 걱정 마세요. 그런데 전에도 이런 일을 겪은 적이 있다는 이상한 느낌이 들어요. 사탕이 산산조각 나는 걸 본 적이 있는 것 같아요. 아주 작은 조각으로 부서졌어요, 돌 위에서."

경찰서장은 얼굴을 더욱 찌푸렸다.

"쓸데없는 소리예요. 그만 하죠. 자, 다 왔어요. 가세요. 내일 9시에 데리러 올 게요. 더 빨리 갈 필요는 없어요. 이 고귀한 분들은 점심때까지 자거든요. 우선 마이어 씨의 집에 가서 아무 일 없는지 보자고요. 그러고 나서 다음 사람을 보러 가죠."

"서장님, 기억하시죠? 내일은……."

"동생 말인가요? 늙었지만 아직 내 기억력은 괜찮은 편이예요. 가서 저녁을 먹은 후 바로 잠을 자도록 해요. 이 집에서 한 발짝도 벗어나지 마세요. 내 말 알겠어요? 내일 내가 올 때까지 집에서 나가지 마세요."

"걱정 마세요. 제가 어디를 가겠어요? 알겠습니다. 내일 뵈어요."

그녀는 문에 달린 익숙한 고리를 당겼다. 식당 안에는 사람들이 꽤 많았다. 소박해 보이는 건장한 남자 두 명이 앉아 있었고, 한 쪽에서는 중년 부부가 저녁을 먹고 있었다. 또다른 테이블에는 열여덟 살쯤 된 남자아이들이 모여 있었다.

마르타는 그녀를 삐걱거리는 나무 계단으로 인도하더니 열쇠를 자물쇠에 넣고 돌렸다.

"여기가 아가씨 방이예요. 마음에 들어요?"

경사진 지붕 아래에는 화려한 이불이 깔린 침대와 작은 나무 서랍장, 의자 두 개가 놓여 있었다. 무명베로 만든 커텐 뒤에는 세면대, 커다란 흰색 물병, 꽃이 그려진 대야가 있었다. 서랍장 위에는 램프가 있었다. 마르타가 성냥을 긋자 불꽃이 밝게 피어 올랐다. 마르타는 휠 손잡이를 돌렸다. 불이 차분하게 가라앉더니 방 안을 고르게 밝혔다.

"이렇게 하는 거예요. 몰랐죠? 이제 잘 할 수 있겠죠?" 그녀가 미소를 지었다. "짐을 풀고 아래층으로 내려와요. 저녁을 먹어야죠."

마르타는 돈 얘기는 듣고 싶어하지 않았다. 그녀와 아리아나가 약속한 것이 있다고 했다.

마야는 포장을 풀었다. 그녀는 간단한 홈 드레스, 잠옷, 속옷, 손수건 몇 개를 샀다. 그녀는 내일은 코르셋과 어떻게 싸울지 생각하지 않으려고 애쓰면서 기쁜 마음으로 옷을 갈아입고 아래층으로 내려갔다.

22장

 차는 향긋한 허브향이 나서 아주 맛이 좋았고, 사과파이도 함께 나왔다. 정말 훌륭했다. 마야는 자신도 모르게 로비는 그곳에서 어떻게 지내고 있을까 생각하기 시작했다. 잠자리에 들기 전에 밥은 먹었을까? 끈질긴 불안이 다시 마야를 조여오기 시작했다. 하지만 그때, 마야는 누군가 곁에 서 있는 것을 눈치챘다. 바로 꼬마 티나였다.

 이제 티나는 모자를 쓰지 않고, 밝은색의 긴 곱슬머리를 단단히 땋아서 묶고 있었다. 소녀는 우연히 옆에 있게 됐다는 듯한 표정을 하고 말없이 서 있었다. 수줍음을 타는 아이들이 자신이 귀찮은 존재로 여겨질까 봐 두려울 때 이런 행동을 하곤 한다.

 마야는 미소를 지으며 소녀를 돌아보았다.

 "오, 티나로구나? 어떻게 지내? 잘 지내지?"

 티나는 환하게 웃으며 작은 목소리로 소곤거렸다.

 "이거 보세요. 이빨! 오늘 학교에서 빠졌어요!"

 "와! 처음으로 이가 빠진거야?"

"네에!" 소녀는 기뻐서 어쩔 줄 몰라 했다.

"그 이, 잘 챙겼니?"

"손수건에 싸서 갖고 있어요. 보여드릴까요?"

"그럼, 당연하지! 뭘 물어봐?"

"여기요……. 사과를 베어 물었는데 이가 빠졌어요. 피가 조금 났지만, 곧 괜찮아졌어요."

"정말 다행이다."

그때 마야의 머릿속에 문득 한 가지 생각이 떠올랐다.

"잠깐! 이제 다 이해됐어!"

"뭐가요?" 소녀는 눈을 동그랗게 뜨고 바라보았다.

"그러니까, 오늘 내가 어떤 사람을 만났거든……. 아주 이상한 아주머니였어. 그런데 그분이 나에게 아주 신비로운 말을 했단다……."

"무슨 말인데요?"

"그분이 나에게 뭔가를 주면서, 자기가 이빨 요정이라고 했어."

"그게 무슨 말이에요?"

"아, 이빨 요정 모르니? 그분 말이, 오늘 처음으로 이가 빠진 아이에게 그걸 주라고 했어."

"저에게요?" 소녀는 반신반의하는 듯 말했다. "그런데 '그게' 뭐예요?"

"기다려 봐, 지금 보여 줄게."

그 문제의 막대 사탕은 얇은 종이에 싸여 그녀의 작은 주머니 가방 안에 있었다. 그녀는 빠르게 계단을 올라가 열쇠를 자물쇠에 꽂았다. 그런데 이상하게도, 열쇠가 돌아가지 않았다. 마야가 문손잡이를 잡아당기자, 삐걱거리는 소리를 내며 문이 열렸다. 분명히 문을 잠그고, 다시 확인까지 했는데! 마야는 아주 천천히 방 안으로 들어가 주위를 둘러보았다. 방 안에는 아무도 없었다. 그녀의 새 물건들은 침대 위에 예전처럼 놓여 있었지만, 손수건 하나가 구겨져 있었다.

마야는 침대에 앉았다. 이건 무슨 뜻일까, 그리고 누가 옷을 뒤졌을까? 기분이 몹시 불쾌했다. 역겹고 모욕적이었다. 그녀는 가방에서 수탉 모양의 막대사탕을 꺼내고, 문을 잠근 뒤, 천천히 계단을 내려갔다.

티나는 여전히 탁자 옆에 서 있었다.

"자, 이거 요정이 준 거야."

"저에게요? 정말이요?"

티나가 망설이다 펼친 손을 내미는 모습은 너무 사랑스러워 절로 미소가 지어졌다.

티나는 기쁨을 주체하지 못했다. 부엌으로 달려가서, 요정이 준 선물을 모두에게 자랑했다. 어떤 요정인지는 티나 자신도 잘 몰랐지만. 어쨌든, 처음 빠진 이빨에 대한 선물이었다.

마야가 아직 차를 마시고 있을 때, 빅터가 그녀 곁에 앉았다.

"안녕."

"하이!"

그가 놀란 기색을 알아차리고, 마야는 고쳐 말했다.

"안녕."

"음, 어떻게 됐어? 그 아이는 데려오지 못 했어?"

"아직. 내일은 될 거야, 아마."

"마이어 가족은 어때?"

"별다른 소식 없어. 그녀는 몹시 힘들어하고 있어, 알다시피. 그래서 지금은 좀…… 아무튼, 지금은 그래."

어쩐지 아무것도 자세하게 이야기하고 싶지 않았다. 왠지 모르게 마야는 경찰서장이 떠올랐다. 그는 분명 쓸데없는 말은 하지 않을 사람이었고, 그래서 마야도 입을 다물기로 했다. 그리고 또 빅터에 대해 뭐라고 말하기도 했다. 그래, 나쁜 친구들과 어울린다고 했지.

"산책이나 할까?"

빅터는 그녀의 눈을 똑바로 바라보며 말했다. 잘생긴 남자였다, 심지어 매우 잘생긴 남자. 마야도 눈을 피하지 않았다.

"뭐 하러?"

"너 이상하다. 그냥 그러고 싶어서. 산책하자."

"너무 늦었어."

"아니, 전혀 늦지 않았는 걸."

"아니야, 정말 늦었어. 내일 아침에 경찰서장이 데리러 오기로 했어. 일찍 일어나야 해."

"알겠어. 그럼, 벤치에 잠깐 앉을까? 저기, 뒤뜰에서? 할 얘기가 좀 있어."

"음, 그러자."

23장

　식당 뒤에 정말로 작은 안뜰이 있었다. 그들은 낡은 벤치에 앉았다. 잠시 침묵이 흘렀다. 이윽고 빅터가 물었다.
　"그런데, 너는 어디에서 왔어?"
　아리아나가 가르쳐준 것을 떠올리며 마야는 대답했다.
　"나는 비른에서 왔어. 남쪽에 있는 곳이야."
　"근데 어떻게 여기까지 오게 된 거야?"
　"이모가 이 근처에 사셔. 나랑 동생은 이모 댁으로 가는 길이었어. 마을에서 하룻밤 묵었는데, 로비가 사라져서는 길을 잃어버렸어. 그래서 이렇게 된 거야."
　"너희 이모 이름은 뭐야?"
　마야는 화가 났다.
　"왜 그런 걸 다 묻는 거야? 심문하는 것 같아."
　"있잖아……." 갑자기 그는 마야의 손을 잡았다. "너, 여기서 떠나야 해."
　"나야 당연히 떠나지. 동생만 데려오고 나면." 마야는 어색하게 손을 빼려 했지만, 그는 단단히 손을 붙잡고 있었다.

"이거 놔!"

"안 돼. 네가 알아야 해. 제발 들어줘. 난 네가 걱정돼. 정말로 걱정돼."

"대체 너랑 무슨 상관인데?"

모든 일이 너무 순식간에 벌어져, 그녀는 미처 이해할 수 없었다.

"너는 감시 받고 있어. 여긴 위험해. 너는 여기 있으면 안 돼."

"지금은 떠날 수 없어."

"내가 도와 줄게. 가자, 안전한 곳으로 데려다 줄게. 나는 네가 마음에 들어. 그래서 그냥 도와주고 싶을 뿐이야, 믿어줘."

마야는 망설였다. 슈 씨는 절대 아무데도 가지 말라고 했다. 하지만 여기서 누군가가 그녀의 물건을 뒤진 것도 사실이었다.

"고마워, 하지만 아니야. 오늘은 여기 있을 거야."

"날 안 믿는 거야?" 빅터는 그녀의 손을 꼭 쥐며 눈을 똑바로 바라보았다.

"믿어. 하지만 오늘은 아무데도 안 갈 거야."

빅터가 그녀를 향해 몸을 기울였고, 그의 얼굴이 아주 가까이 다가왔다.

"난 너를 걱정하는 거야."

무언가 마치 마법처럼 그녀를 사로잡는 느낌이었다. 그는 너무 잘 생겼고, 너무 가까이 있었다.

빅터에게서 담배 냄새와 민트 향이 났다. 그의 입술이 부드럽게 속삭였다.

"나를 믿어도 돼."

'아리아나가 뭐라고 했지? 그녀는 단 한 사람만 믿으라고 했어, 마르타. 그럼 마르타의 아들은? 그리고 슢 씨는?'

마야는 고개를 저으며 벌떡 일어났다.

"고마워, 생각해 볼 게. 미안, 피곤해서 자러 가야겠어."

그가 뒤따라 일어나며 마야를 자기 쪽으로 끌어당기려 했다.

"생각할 시간이 없어. 지금 가야 해."

"싫어, 잘 자."

마야는 집 뒷문을 향해 몸을 돌렸다.

"이봐!" 빅터가 불렀다.

마야가 돌아보았다.

"경찰서장을 믿지 마. 넌 그 사람이 어떤 사람인지 몰라. 그는 널 도와주지 않을 거야."

마야는 뒷문을 열고 안으로 들어갔다. 열쇠로 방문을 연 후 주위를 둘러보았다. 모든 것이 이상 없어 보였다. 그녀는 문을 안에서 잠그고, 만일을 대비해 문 손잡이에 의자 다리를 끼워 넣었다.

마침내 베개에 머리를 얹고 그녀는 눈을 감았다.

'정말 길고 이상한 하루였어. 이 모든 사람들, 얼굴들, 목소리들. 이들이 나를 에워싸고 있는 것 같아……. 가버려, 모두 가버려! 난 너희들을 믿지 않아, 아무도! 부디 꿈속에는 나타나지 말아줘…….'

24장

　아기가 마침내 잠이 들었다. 릴리아나는 안도의 한숨을 내쉬며 안락의자에 앉아 몸을 기댔다. 아기가 이미 꽤 체중이 나가는데, 처음에는 품에 안아 흔들고, 그러고 나서 요람에서 토닥여 재워야 했으니……. 차를 몹시 마시고 싶었지만, 일어설 힘이 없었다!

　문 두드리는 소리가 그녀의 우울한 생각을 중단시켰다. 약속된 신호였다. 두 번 두드리고, 잠시 정적, 그리고 다시 두 번. 여자는 힘겹게 일어나 문으로 다가갔다.

　"너니? 드디어 왔구나! 너 정말로 제정신이 아닌 것 같아. 이 아이를 나에게 맡기다니! 내 나이가 몇인데!"

　"별일 없지?" 딸은 급히 그녀를 껴안은 후 옆으로 밀어내며 말했다. "조금만 참아줘. 그리고 그렇게 나이 많은 것도 아니잖아!"

　"그렇게 나이 많은 건 아니라고?" 릴리아나는 점점 화가 치밀기 시작했다.

"어떻게 그런 생각을 할 수 있니?! 아이를 훔치고, 게다가 상관없는 사람들까지 끌어들이고!"

"그만 좀 해, 내가 말했잖아……. 다 괜찮을 거야."

"하지만 이건 끔찍한 계획이야, 넌 어떻게 그걸 모르니!" 여자는 멈추지 않았다. 그녀는 아이를 깨울까 두려워 목소리를 낮추어 말했지만, 그 목소리에는 분노와 불만이 담겨있었.

"넌 모든 걸 다 가지고 있잖아. 뭐가 부족해서? 도대체 무슨 생각으로 그런 짓을 한 거야!?"

딸은 더는 참지 못하고, 방금 막 앉았던 의자에서 벌떡 일어났다.

"내가 뭐가 부족하냐고? 내가 무슨 생각을 한 건지 묻는 거야? 나는, 일이 어떻게 된 건지 알게 된 이후로, 지난 20년 동안 똑같은 생각을 하고 있었어. 왜 사람들이 날 놀리고 모욕하는지, 왜 우리는 끊임없이 이곳에서 저곳으로 이사 다녀야 하는지. 나는 계속 생각하고 생각했어. 도대체 내가 뭘 잘못했기에 이런 걸까? 그리고 그거 알아? 나는 아무것도 잘못하지 않았어, 아무것도!"

어머니가 딸에게 다가가려 했지만, 딸은 뒷걸음질 쳤다.

"아니, 나를 동정할 생각은 하지도 마! 나는 누구에게도 그런 걸 허락한 적 없어. 나는 아무도 아무것도 모르게 하려고 애썼어. 울지 않는 법을 배웠지만, 그게 오히려 그들을 화나게 했지. 내가 예쁘게 머리 손질하는 걸 그만두고, 보기 흉하게 땋은 머리만 하고 다녔던 거 기억나? 왜 그런지 알고 싶어? 그 놈들이 내 뒤통수에서 머리카락을 한 움큼 뭉텅 잘라버렸거든. 내 팔을 잡고 웃으며 사생아에게 표시를 해줬다고 소리쳤어. 나는 벗어나려고 몸부림치면서 누구라도 물어뜯으려고 했지. 이제 알겠어? 내가 무슨 생각을 했는지? 나는 이 모든 게 누구 때문일까 생각했어. 우리에게서 모든 것을 빼앗아 간 그 사람. 그 사람 때문에 엄마는 몇 년간을 울면서 작은 도시들을 돌며 숨으려 했던 거야. 그렇지만 소문은 항상 우리를 찾아냈지……. 그 사람 때문에 엄마는 결국 우리에게 성을 준 그 악당과 결혼했어. 그 남자가 엄마를 때리고, 모욕한 걸 내가 잊었다고 생각해?"

릴리아나는 흐느낌을 참으며 눈물을 닦았다.

"이제 알겠어?" 숨을 고른 뒤, 딸이 말을 이었다. "나는 복수하고 싶어. 그리고 내 아들이 모든 걸 갖게 하고 싶어. 그렇게 될 거야. 난 반드시 해낼 거야!" 그녀는 깊이 숨을 들이쉬고, 꽉 쥐고 있던 주먹을 펴며 말했다. "아이는 돌려줄 거야, 나중에. 지금은 그들이 내가 뭘 할 수 있는지 알아야 해. 그는 대가를 치를 거야. 그는 모든 걸 내 아들에게 넘기게 될 거고, 그게 공정한 거야. 그리고 그때가 되면 아이를 돌려줄 거야. 그렇지 않으면…… 나는 그들을 믿지 않아, 아무도! 그가 엄마를 그렇게 끔찍하게 속였다면, 나라고 봐줄 리 없지. 줏대 없는 인간이야 내 아버지라는 사람은. 나는 이미 알고 있어. 그는 내가 요구하는 대로 다 하게 될 거고, 나에 대한 비난도 잠재울 거니까 두고 봐. 내가 더 강해."

어머니가 조용히 물었다.

"그럼 네 남편은? 이 일에 대해 어떻게 생각해?"

잠시 침묵한 뒤, 여자가 대답했다.

"아직 아무것도 몰라. 그 사람은 내 인생에서 가장 소중한 존재야. 그이가 고통받는 것은 싫어. 모든 일이 끝나면 그때 말할 거야."

"하지만 난 아이가 여기 있는 게 싫다! 이건 위험한 일이야!"

"괜한 소리 하지 마. 아무 위험도 없어. 일부러 외진 곳에 있는 이 집을 빌린 거야. 이웃들은 엄마에게 어린 손자가 있다고 알고 있어, 내가 미리 다 말해 뒀거든."

"하지만 내가 너무 힘들구나……. 아기가 내내 울어대니!"

"엄마도 알잖아, 나도 쉽지 않아! 그러니까 그냥 좀 참아줘! 자, 이 돈 받아. 곧 다 끝날 거야."

릴리아나는 딸을 안아주며 말했다.

"알았어, 참을게. 네가 행복할 수만 있다면 난 뭐든지 할 거야, 너도 알잖아."

"알아, 엄마. 잘 자."

거의 같은 시각, 아만다 마이어는 침실에서 눈을 감았다. 아이가 실종된 그날 저녁 이후로 그녀는 한 번도 제대로 잠들지 못했다. 눈꺼풀은 불타는 것처럼 메마르고 아팠다. 때때로 그녀는 정신이 혼미한 반수면 상태에 빠지기도 했지만, 곧 신음하며 제정신으로 돌아오곤 했다. 아만다는 잠드는 것이 두려웠다. 언제나 대비하고 있어야 했다. 하지만 지금은 거의 기력이 다한 것 같았다. 혹시 의사가 준 가루약을 먹는 게 좋을까? 여자는 손을 뻗어 화장대 위에 놓인 종이 봉지를 더듬어 찾았다.

25장

 마야는 눈을 뜨자마자 하품을 했다. 지붕 창문을 통해 햇살이 쏟아져 들어와 바닥을 비추고 있었다. 그녀는 몸을 일으켜 머리를 만져보았다. 마르타가 밤에 머리 모양이 흐트러지지 않도록 스카프를 두르고 자라고 조언했다. 다행히 머리는 잘 유지된 것 같았다. 하지만 이 머리핀들은 정말 지긋지긋했다! 이전처럼 짧은 머리카락을 헝클어뜨리고 다닐 수 있다면……. 코르셋은 물론 시간을 꽤 잡아먹었지만, 그걸 안 하면 드레스가 잠기지 않았다! 이렇게 해서 가느다란 허리가 만들어지는구나!

 계단 꼭대기에서 그녀는 마르타와 티나의 목소리를 들었다.

 "너는 여자애잖니! 남자애들이야 그럴 수도 있겠지! 하지만 남자애들이라도 이런 놀이를 하면 되겠니? 이건 위험한 장난감이야, 그걸 모르겠어? 유리창을 깨뜨릴 수도 있고, 더 심하면 누구의 눈에라도 맞을 수 있잖아."

 소녀는 변명이라도 하려는 듯 뭐라그 중얼거렸지만, 엄마는 단호했다.

"이건 내가 가져간다! 뭐? 누가 뭐라고 할 거라고? 그럼 그 사람한테 내가 혼쭐을 내주겠다고 전해. 그리고 당장 그 못된 것을 여기다 쏟아버려, 전부 다! 개울에 갔었지? 아니라고? 엄마를 보며 이야기 해!"

마야는 아래층으로 내려갔다. 갓 구운 빵 냄새가 아주 기분 좋게 풍겼다. 빵일까, 파이일까? 햇살이 눈처럼 하얀 식탁보 위에 밝은 빛줄기를 드리우고 있었다.

티나가 다가왔다. 이제 그녀는 덜 부끄러워하고 있었다. 마치 '우리 여전히 친구죠? 마음이 바뀐 건 아니죠?'라고 묻고 싶은 듯, 그녀는 평소처럼 곁에 조용히 섰다. 이미 옷을 입고 머리를 빗고 학교 갈 준비를 마친 상태였고, 손에는 가방을 들고 있었다.

마야는 몸을 돌리더니 갑자기 "아하, 잡았다!" 하고 외치며 티나를 붙잡고 간지럽히기 시작했다. 소녀는 신이 나서 웃으며 소리를 질렀다. 마야는 그녀를 놓아주고 물었다.

"자, 말해 봐, 꼬마 말썽꾸러기. 엄마한테 왜 혼났어?"

티나는 불만스러운 표정으로 입을 삐죽 내밀었다.

"엄마는 내 말은 듣지도 않아요. 내 친구가 과녁 맞히기 연습하라고 새총을 줬어요. 근데 엄마가 그걸 찾아내더니 불태워버리겠대요. 우리는 창문을 깰 생각 같은 건 전혀 없었어요! 요즘 애들은 다 새총을 갖고 있어서 시합도 해요. 근데 엄마는 아무 말도 들으려 하지 않아요."

마야는 고개를 끄덕였다.

"그렇구나, 이해해. 안타깝긴 하지만, 사실 엄마 말이 맞아. 그건 위험한 물건이야. 다른 것을 가지고 놀아."

하지만 소녀는 벌써 다른 생각을 하고 있었다. 잠시 머뭇거리다가 결국 용기를 내어 물었다.

"언니는 놀림 안 받아요? 머리카락 때문에요."

"뭐라고?" 마야는 놀라며 되물었다. "아냐, 당연히 안 받아. 내가 사는 곳에서는 이 색이 아주 유행이거든. 심지어 일부러 이 색으로 염색하는 사람들도 있어."

"그게 무슨 말이에요? 머리카락을 염색한다고요?"

"응. 너희는 안 그래?"

소녀는 천천히 고개를 저었다.

"아니요. 아무도 염색 안 해요. 특히 빨간색으로는요."

"'특히'라니, 왜?"

"빨간 머리 마녀 때문에요."

"마녀라니, 그게 대체 누구야?" 마야는 웃으며 물었다.

"몰라요? 그거 아주 무서운 이야기인데!"

"얘기해 줄래? 나 무서운 이야기 좋아해."

티나는 뒤쪽 문을 힐끗 돌아보고는 코를 훌쩍이며 의자에 앉았다. 조금 몸을 움직여 자리를 잡더니, 비밀스러운 목소리로 이야기를 시작했다.

"그러니까, 옛날 옛적에 어떤 소년이 있었어요. 그 애 부모님은 사탕이랑 과자를 파는 가게를 하셨고, 소년도 엄마랑 같이 거기서 일했어요. 그런데 어느 날, 가게에 한 소녀가 들어왔어요. 겉보기엔 평범하고, 옷도 단정했어요. 빨간색 머리카락을 가진 아이였죠. 그 소녀가 3그로센짜리 사탕 하나를 달라고 했어요. 그러고는 소년에게 금화를 하나 줬어요. 소년이 거스름돈을 찾는 사이에 그 금화가 사라져 버렸어요. 분명 주머니에 넣었는데, 그냥 사라져 버린 거예요! 그리고 그걸 소년의 엄마도 봤어요. 그 금화는 마법에 걸려 있었던 거예요. 그리고 그 소녀는 마녀였고요. 다른 쪽 세계에서 온 사람 중 하나요!"

티나는 파란 눈을 크게 떴다.

"그렇게 된 거예요. 사람들이 겁을 먹고 그 소녀더러 가게에서 나가라고 하니까 소녀는 몹시 화를 냈어요. 결국 사람들이 그 소녀를 쫓아내자, 소녀는 사탕을 돌바닥에 던지면서 저주를 했고, 사탕은 수천 개의 조각으로 산산이 부서졌어요. 그리고 그 조각이 닿은 사람들은 모두 저주에 걸렸어요."

"무슨 말이야……. 저주라니?" 마야가 간신히 물었다.

"네, 그 사람들한테 여러 가지 안 좋은 일들이 생기기 시작했어요. 어떤 남자아이는 아빠가 팔을 다쳤어요. 또 다른 애는 엄마가 직장에서 쫓겨났어요. 또 어떤 애는 키우던 강아지가 사라졌고요. 그런데 그중에 제일 큰일은…… 과자 가게에 불이 났다는 거예요!"

"그 가게가 다 타 버렸어?"

"아니요, 완전히 탄 건 아니고……. 그냥 불이 났어요."

"그 다음엔 어떻게 됐는데?"

"마녀가 도망치려고 했지만, 사람들이 붙잡아서 건물 안에 가둬버렸어요."

"왜?"

"정말 아무것도 몰라요? 그들에게는 표식이 생겨요. 여기, 팔에요. 그들은 다른 세계에서 오는데, 오고 나서 사흘째 되는 날이면 그 표식이 나타난대요."

"그 다음엔 어떻게 됐는데?" 마야는 입술이 잘 움직여지지 않았지만, 애써 미소를 지으려 했다.

"그러니까, 사람들이 소녀를 가뒀어요. 문은 자물쇠로 잠겨 있었고, 창문은 밖에서 덧문으로 닫혀 있었어요. 그런데 아침에 소녀에게 가 보니, 그 애가 사라진 거예요. 도망친 거죠. 벽을 통과해서 나간 거예요!"

소녀는 다시 한번 주위를 살피더니, 비밀스러운 목소리로 속삭였다.

"그런데 있잖아요, 이 얘기 엄마한텐 말하지 마세요. 엄청나게 화낼 거예요. 이런 건 다 말도 안 되는 소리라고 하시거든요. 그런데 빅터가 그랬어요……."

그 순간 문이 벌컥 열리더니, 경찰서장이 들어왔다.

"빅터가 뭐라고 했는데?" 마야가 다급히 물었다.

"그 소녀가 돌아왔고, 이제 곧 슐 씨와 함께 그 애를 잡을 거래요!"

26장

프랭크는 별일 없었느냐고 물었다. 어쩐지 그녀가 지나치게 말이 없는 것 같았다. 마야는 괜찮다고 대답했다. 경찰서장은 얼굴을 찌푸린 뒤 고개를 끄덕였다. 그러고는 말했다.

"마이어 씨의 집으로 갑시다. 아만다와 한 번 더 이야기해 보고 싶군요. 그러고 나서 그녀를 데리고 그녀의 친구들에게 가 볼 생각입니다."

"오늘 안에 다 끝낼 수 있을까요? 제가 말했잖아요! 오늘 꼭 마무리 지어야 해요!" 마야의 목소리가 저도 모르게 떨렸다.

프랭크는 짜증스럽게 고개를 돌렸다.

"그런 걸 누가 약속할 수 있겠어요? 다만 할 수 있는 한 최선을 다 할 게요."

정원으로 들어선 그들은 로비를 발견했다. 소년은 오솔길 오른쪽 잔디 위에 앉아 뭔가를 들여다보고 있었다. 조금 떨어진 벤치에는 리지가 앉아서 수를 놓고 있었다.

마야는 마차에서 내리자마자 동생에게 달려갔다. 프랭크는 잠시 망설이다가 천천히 그녀를 뒤따라갔다.

"로비, 꼬맹아! 안녕! 뭐 하고 있어?" 그녀는 소년이 대답해 주리라고 기대도 하지 않은 채 조심스럽게 곁에 앉았다. 혹시나 놀랄까 봐 안아주고 싶었지만 그렇게 하지 않았다.

"이거 봐요. 내가 찾았어요." 로비는 크기가 제법 큰 흰 조약돌 한 줌을 그녀에게 내밀었다. 아주 둥글고 거의 완벽하게 매끄러운 그 돌들은 진주를 연상하게 했다.

"정말 예쁘다! 어디서 찾았니, 로비?"

"여기, 풀밭에서요. 떨어져 있어서 주워 모았어요."

슐이 다가와 위에서 들여다보았다.

그들을 눈치챈 리지도 벤치에서 일어났다. 그녀는 걸음을 재촉하여, 아이를 향해 번개처럼 달려들었다.

"왜 돌을 줍고 있어? 그거 더러운 거야. 어서 이리 내!"

"잠깐만요." 경찰서장이 그녀를 제지했다. "이건 강가의 조약돌입니다. 오물이 전혀 묻어 있지 않네요. 너 이거 어디서 주웠니, 꼬마야?"

"이건 그냥 평범한 돌이어요, 서장님. 왜 아이를 놀라게 하나요?" 리지는 아이를 감싸며 막아섰다.

"놀라게 할 생각은 없습니다." 슐은 손을 들어 보였다. "다만 이 강가 조약돌이 왜 여기 있는지 알고 싶을 뿐이에요. 혹시 이것이 중요한 단서일 수도 있잖아요?"

그는 정원을 둘러보았다. 이곳은 누군가 공들여 청소한 듯 깔끔했고, 길은 평평한 석판으로 포장되어 있었으며, 눈부신

잔디밭은 가지런히 깎여 있었다. 바로 옆에는 작은 분수가 있었고, 조금 떨어진 곳에는 기마병 동상이 위엄 있게 서 있었다.

마야는 마지못해 분수 안을 들여다보았다. 그곳조차도 완벽할 만큼 깨끗했고, 조약돌 같은 건 전혀 보이지 않았다. '뭐, 당연한 거 아니야. 그런데 이게 무슨 의미를 가지고 있다는 건지 모르겠네.'

베이비시터는 아이의 손을 잡고 집 안으로 데려가려고 했다. 프랭크가 그녀를 멈춰 세우고 아이에게 조약돌을 몇 개 달라고 부탁했다. 소년이 생각에 잠겨 잠시 그것들을 바라보고 있을 때, 문지기가 절뚝이며 다가왔다.

"왜 그러세요, 슐 씨, 무슨 일이신가요?"

"이것 좀 보시겠습니까, 이게 잔디에서 나왔는데, 어디서 온 건지 아시겠어요?"

노인은 당황한 표정으로 조약돌을 유심히 살펴보고, 마디 굵은 손가락으로 이리저리 돌려보았다.

"전혀 모르겠습니다. 솔직히 말씀드리면, 이상한 일입니다. 저희는 정원사가 일주일에 한 번 와요. 바로 내일이 그날이죠. 그 사람은 하루 종일 일해요. 모든 것을 계획에 따라, 도면대로 진행합니다. 자갈밭 계획은 없지요. 오직 잔디와 꽃뿐이죠. 그런데 이런 게 있다니."

프랭크는 문지기를 유심히 바라보았다. 그는 이전까지 모든 질문에 성실하고 자신 있게 대답했었다. 그래도 다시 한번 물어보는 게 어떨까?

"라프…… 씨 맞으시죠?"

"예, 맞습니다."

"몇 가지 질문을 더 하고 싶은데, 괜찮으시겠습니까?"

조금 전까지만 해도 제법 활기찼던 노인은, 갑자기 움츠러들어 키마저 작아진 듯 보였다.

"네, 물론입니다. 다만…… 음, 그렇다면 가시죠."

그는 그들을 자기의 조그마한 집으로 안내했는데, 그곳은 침대와 책상, 의자 두 개가 간신히 들어갈 만큼 비좁아 보였다. 오두막 옆에는 작은 별채가 붙어 있었는데, 이곳이 바로 그가 근무하는 곳으로, 노인은 이곳에서 저택의 보안을 지키는 일을 맡고 있었다.

마야는 얼굴을 찌푸린 채 낡은 의자에 앉았고, 슐은 다른 의자를 조심스럽게 흔들어보다가 침대 모퉁이에 자리를 잡았다. 노인도 한숨을 쉰 후 자리에 앉았다.

경찰서장이 막 말을 꺼내려는 순간, 노인이 손을 내저으며 그의 말을 막고 말했다.

"자, 제가 다 말씀드리겠습니다. 그래요, 고백하는 게 차라리 낫겠습니다. 양심의 가책에 시달리고 있었어요. 계속 생각하게 되더군요. 혹시 그 아이를 아직도 못 찾는 게 내 잘못 때문은 아닐까 하고 말이죠."

그는 다시 한숨을 쉬고는, 잠시 침묵한 뒤 절망스러운 목소리로 말을 이었다.

"그날 있었던 일은 이렇습니다. 그날 저녁, 저는 이곳에 있었습니다. 포지 씨는 아내와 함께 댁으로 돌아가셨죠. 그때 생각했죠, 어라, 좀 일찍 가셨는 걸, 하고요. 그런데 얼마 지나지 않아, 일이 벌어졌습니다!"

라프 씨는 적절한 표현을 생각하며 손가락을 꼼지락거렸다.

"소리였습니다! 우박이 오는 것 같은 아주 이상한 소리였죠. 그런데 그날 비는 안 왔거든요! 쾅! 쾅! 쾅! 아주 큰 소리였어요. 총소리 같기도 했지만, 커다란 종소리 같기도 했어요. 저는 겁이 나서 마당으로 뛰쳐나갔습니다. 그런데 아무도 없었고, 그 소리는 저쪽 어디선가 계속 들려오고 있었습니다." 그는 손가락으로 애매한 방향을 가리켰다.

"어디서라고요?" 슐이 으르렁대듯 툭 내뱉었다. 그는 멍청한 노인의 멱살을 잡아 마구 흔들고 싶은 마음을 간신히 참고 있었다. '양심의 가책에 시달리고 있었다고, 참 내! 경찰이 오기 전엔 아무 일 없다는 듯 잘만 지내고 있었으면서!'

"저쪽이요." 노인은 분수를 가리켰다. "그래서 말입니다, 무슨 일인가 싶어서 확인해 보기로 했지요. 대문은 저녁이라 이미 잠가 둔 상태였습니다. 저는 이 일대를 다 돌아봤습니다만⋯⋯. 아무것도 찾지 못했습니다."

"얼마나 멀리 가셨습니까? 모퉁이 뒤쪽에도 갔나요?"

"거기도 들여다봐야 했습니다. 하지만 대충 봤지요. 자리를 오래 비우고 싶지 않았거든요. 그래서 다시 돌아왔는데, 보니까 그 바깥쪽, 쇠 울타리 너머, 담장 밖에 말입니다⋯⋯. 레너드 씨가 서 있더군요."

"뭐라고요?!" 프랭크는 자리에서 벌떡 일어났다가, 다시 앉았다. 그는 날카롭게 말했다. "계속하세요!"

"그는 저를 보자마자 욕설을 퍼붓기 시작했어요. 정말, 아주 상스러운 말들이었죠, 그렇게 점잖아 보이는 신사가 말입니다."

마야는 한숨을 쉬었다. 라프는 그녀의 한숨을 지지로 받아들이고는 고마운 듯 고개를 끄덕였다.

"그랬습니다, 그렇게 욕설을 퍼붓더군요. 그러더니 하는 말이, '이 멍청한 늙은이, 대문을 왜 잠갔어?'라고 하더군요. 그래서 저는, 원래 밤이면 잠그게 되어 있다고, 그게 규칙이라고 말했습니다. 그랬더니 '아니, 열려 있었다고! 밖에 잠깐 나왔더니, 네가, 이 더러운 놈아, 문을 잠갔잖아!' 이러는 겁니다. 저는 그분을 다시 안으로 들였습니다. 그런데 그는 빈둥거리고 어디를 싸돌아다녔냐며 계속해서 저에게 욕을 했어요. 그래서 이상한 소리를 들어서 확인하러 갔었다고 설명했죠. 그랬더니 또 뭐라고 그러냐면, '아, 그래서 네가 자리를 비웠다고! 대문을 열어두고 가버리다니! 누가 집에 침입하면 어쩌려고? 강도나 살인자였으면 어쩔 뻔했지?'라고 하는 거예요. 그 말을 듣는데, 등골이 오싹하더군요. 그 사람은 계속해서 말했습니다. "흠, 이제 옷을 벗어야 할 것 같군! 누가 이런 태만한 문지기를 계속 쓰겠어?"

가련한 노인은 한숨을 내쉰 뒤 말을 이었다.

"지난달에 드 빌 부인이 제가 너무 늙었다고 하시더군요. 저는 마이어 씨의 아버지 때부터 이 집에서 일해 왔어요. 그러니 그런 생각이 드는 겁니다, 정말로 쫓겨나는 건 아닐까? 그러면 나는 어디로 가야 하지? 그래서 레너드 씨에게 간청했습니다, 이런 일이 일어났다는 것을 아무에게도 말하지 말아달라고요. 그러자 그분은 너그럽게 이렇게 말하더군요. '생각해 보지. 대신 내가 대문 밖에 나갔었다는 말을 하지 말게. 나는 우리 마부를 찾고 있었던 거야, 그 놈이 어디 갔는지 안 보이더라고. 그리고 파이프 담배 한 대 피웠지. 아내가 담배를 싫어해서 말이야.' 처음에 전 아이가 납치된 줄은 전혀 몰랐어요. 경찰이 저를 조사하면서 질문을 했고, 저는 그와 약속했던 대로 말했죠. 그런데 보니까 그분도, 제가 문을 잠그지 않고 자리를 비운 건 말하지 않았더라고요. 그러고 나서 나중에 아이가 사라졌다는 걸 알게 됐고, 그 뒤로는 마음이 편할 날이 없었습니다. 진실을 어떻게 말해야 할 지에 대해서 계속 생각했어요. 그래서 이렇게 와 주신 것이 오히려 다행입니다."

문지기는 손을 내저었다.

"뭐, 쫓겨나면 쫓겨나는 거죠. 그래도 저 늑대 같은 자를 감싸줄 생각은 없습니다. 그자는 어디를 헤매고 있었던 걸까요? 어쩌면 그가 아기를 납치했을지도 모르잖아요?"

슐은 깊은 한숨을 내쉬며 가슴을 문질렀다.

"좋습니다. 하나씩 차근차근 이야기해 봅시다. 안뜰을 둘러본 시간은 얼마나 됩니까?"

"정말 잠깐이었습니다, 정말입니다."

"잠깐이라……." 프랭크는 면도한 뺨을 문질렀다.

"어느 정도 시간인지 알 수 있는 방법이 있어요. 말해볼까요?" 마야가 마지못해 입을 열었다.

"무슨 방법이 있다는 거죠?" 경찰서장은 다소 거칠게 물었다. 마야는 어딘가 이상했고, 마치 그에게 화가 난 것 같았다. 변덕을 부리는 건가…….

"저는 그걸…… 뭐, 어디서 봤는지는 중요한 게 아니죠. 그가 평소처럼 걸어 가게 해보세요. 걷는 속도를 알아야 해요. 그 다음에 걸어 간 거리를 보는 거예요. 그러면 계산할 수 있어요."

프랭크는 코웃음을 쳤다.

"그냥 그날 갔던 길로 다시 걷게 할 생각이었는데요."

"뭐, 그렇게 하세요." 그녀는 자기의 삐걱거리는 의자에 앉으며 말했다. "그런데 그렇게 하면 시간이 꽤 많이 걸릴 거예요."

'이 아가씨 말이 맞아. 난 이제 아무짝에도 쓸모가 없어.' 프랭크는 속으로 그렇게 생각하고 "좋아요. 당신 방식대로 해보지요."라고 말했다.

계산을 해보니 노인은 최소한 15분 동안 걸었다.

"아마 더 걸렸을 거야." 경찰서장이 생각을 소리 내어 말했다. "멈춰 서서 무슨 일인가 둘러보고, 귀도 기울였겠지."

그는 잠시 생각에 잠기더니, 마야에게 고개를 끄덕이며 말했다.

"갑시다!"

"부인께 말씀드릴 건가요?" 문지기는 허둥대며 말했다.

"네, 말씀드려야죠. 그리고 한 가지 더, 혹시 마이어 씨가 어디로 갔는지 아시나요?"

노인은 의심스러운 듯이 고개를 저으며 말했다.

"이런 말을 해도 될지 모르겠지만…… 그분이 해고된 하녀, 그 아가씨에 대해 저에게 이것저것 물으셨어요. 그녀는 아침에 떠났고, 그분은 같은 날 오후에 떠났습니다. 그가 다가와서 이렇게 묻더군요. "빌헬름, 그녀는 어디로 갔나?" 그래서 제가 마차를 타고 떠났다고 했더니, 누가 데리러 왔었는지 캐물으시더라고요."

"그래서, 누가 그녀를 데리러 왔습니까?"

"영업용 마차였어요. 그녀는 마차를 세우고, 자기 여행 가방을 들고 올라타서는 떠나버렸지요. 아주 마음이 상해 있더군요, 솔직히 좀 아쉽죠. 참 좋은 아가씨였는데, 순박하고……. 그런데 뭔가 주인댁 마음에 안 들었던 것 같아요."

"좋습니다." 프랭크가 그의 말을 끊었다. "그래서 그녀는 어디로 갔나요?"

"마부에게 우체국으로 가달라고 하는 소리를 들었습니다."

"그리고 그걸 마이어 씨에게도 말했나요?"

"예, 말했습니다."

27장

슐은 집 현관 앞에 멈춰 섰다.

"잘 들어요. 난 지금 레너드 씨의 집으로 가야 합니다. 그를 체포해야 할 것 같아요. 좀 오래 걸릴 거니까 여기서 기다리세요. 그가 분명 이 일에 연루된 것 같으니, 내가 밝혀내고 말 겁니다."

'이런, 이 아가씨 눈빛이 노란 것이, 꼭 고양이 같군! 지금이라도 당장 달려들 것처럼 보고 있네. 아버지를 빼닮았어! 그 사람, 잊을 수 없지…….'

마야는 천천히 고개를 저었다.

"아니에요, 약속하셨잖아요."

"내가 뭘 약속했다는 거지요? 오늘 그 애를 데려오겠다고? 그래서 지금 그걸 하고 있으니, 그냥 좀 기다리세요."

"아니요. 나중에는 저에게 신경도 안 쓰실 거예요. 전 오늘 꼭 그 아이를 데려가야 해요, 약속하셨잖아요! 저를 속이려 하지 마세요!"

"왜 이렇게 들러붙어요, 거머리처럼? 한다고 했으니 할 겁니다. 오늘 저녁이면 다 끝나요!"

마야는 그의 눈을 똑바로 바라보며 말했다.

"아니요. 저녁이 아니고, 지금요. 아만다에게 같이 가요. 지금 당장 그 애를 데려오고 싶어요."

프랭크는 속으로 욕설을 내뱉었다. 그녀가 오늘 왜 이러는지 도무지 이해할 수 없었다. 마치 미친 고양이 같았다.

"좋아요. 이곳 일을 빠르게 정리하고, 바로 가지요."

아만다 마이어는 거실에 있었다. 그녀는 의자에 앉아 등을 꼿꼿이 세운 채 창밖을 바라보고 있었다.

"당신네 그 마녀, 마법사든 뭐든 간에 그 여자는 어디 있습니까?" 슐이 음울한 목소리로 물었다.

"떠났어요."

"아, 그런가요? 좋은 소식이군요. 그렇다면 혹시, 불법적으로 사흘째 붙잡아두고 있는 그 소년을 이제 놓아주시겠습니까?"

"불법이라고요? 진심이세요?" 아만다는 무거운 눈길로 그를 올려다보았다.

"좋습니다, 마이어 부인, 농담은 이제 끝이에요. 소년을 풀어주십시오. 지금 우리에겐 새로운 정보가 들어왔어요. 당장 당신 아들을 찾으러 가야 해요, 여자의 변덕을 상대할 시간이 없습니다."

"무슨 정보죠?" 아만다는 나머지 말은 무시한 채 물었다. "알려주세요. 당신들이 무엇을 알아냈는지 알아야겠어요."

"부인의 손님 중 한 명이 이 사건에 연루되었을 가능성이 있다는 정보가 있습니다."

"손님 중 한 사람이요?" 그녀는 어리둥절한 얼굴로 눈살을 찌푸렸다. "그게 누구죠?"

"먼저 저희가 모든 걸 밝혀내야 합니다……."

"제 아이에 관한 일이에요!" 그녀는 흥분하여 몸을 떨었다. "그 사람이 누군지 반드시 알아야 해요!"

"저는 레너드 씨를 긴급히 심문해야 합니다. 그러니 저를 지체하게 하지 마시고, 아이부터 풀어주세요."

"안 돼요." 아만다는 의자에서 일어서며 말했다. "달라진 건 아무것도 없군요. 당신들은 여전히 아무것도 모르죠. 제 아들을 찾으면 그 아이를 놓아주겠습니다. 그전에는 안 돼요. 그리고 당신들에겐 저를 비난할 아무런 근거도 없어요. 아무것도요. 그 아이는 잘 대우받고 있으니 안심하셔도 됩니다."

그리고, 마야를 보지 않으려 애쓰며 덧붙였다.

"저도 같이 가겠습니다."

"그럴 필요는 없다고 봅니다."

"전 아니라고 생각해요."

마야는 비명을 지르고 싶은 심정이었다. 저녁이 되면 로비가 위험해질 것이다. 유모가 그의 셔츠를 벗기고 팔을 보기만 해도 모든 걸 눈치채게 될 테니까. 그럼 어쩌지?

"저는 안 갈래요!" 마야가 말했다. "로비랑 같이 있을 거예요!"

"안 돼요!" 아만다가 고개를 저었다. "난 그걸 허락할 수 없어요. 아가씨는 나 없는 이곳에 남아 있으면 안 돼요. 나는 아가씨를 믿을 수 없어요. 경찰이 이 아이가 나타난 뒤에야 움직이기 시작한 건 내 잘못이 아니에요. 이 애는 여기에 있어야 해요."

프랭크는 짜증스러워하며 손을 치켜들었다.

"알겠습니다, 같이 가시죠. 당신 마차로 가죠." 그는 아만다에게 퉁명스럽게 말했다. "내 마부를 경찰서로 보내 쪽지를 전해야 하거든요. 만일의 경우를 대비해 사람 몇 명을 부르려고 합니다. 서두릅시다."

그는 마야에게 말했다.

"진정해요. 다 잘될 겁니다, 듣고 있나요?"

하지만 그녀는 그의 말을 듣고 싶지 않았다. 그를 바라보고 싶지도 않았다.

마차 안에서 슈이 마이어 부인에게 물었다.

"그건 그렇고, 깜빡했군요. 듣자 하니, 저녁 만찬 때 레너드 부인과 무슨 말다툼이 있었다고요. 무슨 일이었나요?"

아만다는 불쾌한 표정으로 커튼이 드리워진 창문 쪽으로 얼굴을 돌렸다.

"솔직히 말해서 바보 같은 일이었어요. 그냥 마크를 낳은 후에 도무지 살이 빠지지 않는다고 말했을 뿐이에요. 그런데 그 여자가, 항상 꽤 통통한 편이잖아요, 괜히 시비를 걸더군요. 자기가 무슨 소처럼 보이느냐는 둥, 그런 식으로요. 솔직히 말해서, 그건 단지 핑계였던 것 같아요. 남편이 초조해하니까 그 여자도 신경이 날카로워져 있었어요. 사실, 그녀는 남편에게서 눈을 떼지 못했어요."

"그런데 그는 왜 그렇게 초조해했죠?"

"몰라요, 물어보지 않았어요. 다만 그는 쉴 새 없이 방 안을 왔다 갔다 했어요. 손도 덜덜 떨고 있어서 와인 잔을 카펫에 떨어뜨렸죠."

레너드 부부의 작은 궁전은 화려하기단 하고 품격이 없었다. 가능한 모든 것이 금색으로 칠해져 있었고, 조소 장식으로 화려하게 마감되어 있었다. 의자들은 눈이 아플 정도로 강렬한 진홍색 공단으로 덮개를 씌웠고, 벽에 걸린 그림들도 다채로운 색상으로 현란했다. 그림의 대부분은 안주인의 초상화이었는데, 의외로 실제 모델과 상당히 흡사했다. 키가 작고 통통한 그녀는 마치 금발 머리를 한 둥근 빵처럼 보였다. 볼에는 건강한 홍조가 돌았고, 작고 푸른 눈은 연한 빛깔의 눈썹 아래서 반짝였다. 리타 레너드의 얇은 금발 머리는 풍성해 보이는 헤어스타일로 손질되어 있었다.

사실 마야는 그녀가 조금 안됐다고 생각했다. 마치 남자아이들의 관심을 받지 못했지만 아무렇지 않은 척했던 못생긴 동급생을 안타깝게 여겼던 것처럼. 하지만 리타 레너드는 그런 부류의 사람이 아니라는 것이 곧 드러났다.

통통한 그녀는 하인이 그들을 응접실로 안내하자 은혜라도 베풀듯 고개를 끄덕였다. 그리고 아만다 마이어에게 다가가 두 손을 잡고 힘차게 흔든 후 말했다.

"어떻게 지내, 자기야? 내가 방문하지 않은 걸로 섭섭하게 생각하지 않았으면 좋겠어. 우리 사이에 있었던 다툼은 벌써 잊었고, 게다가 자기에게 그런 일이 생겼으니 말이야! 있잖아, 요즘은 나도 좀 힘들었어. 마리우스가 우리 침실 인테리어를 바꾸기로 했거든." 그녀는 키득키득 웃으면서 말했다. "그 사람이 갑자기 무슨 생각이 떠올랐는지, 전부 붉은 톤으로 꾸미겠대. 알잖아, 사랑이니 열정이니 그런 거. 아무튼, 그래서 요즘 어쩔 수 없이 손님방에서 자고 있어. 정말 끔찍하게 불편해, 방이 얼마나 좁은지……."

아만다는 더욱 창백해진 듯 보였지만 아무 말도 하지 않았다. 어쩔 수 없는 상황이어서, 슐은 정중하게 여자의 말을 끊었다.

"실례합니다만, 저희에게 시간이 많지 않습니다. 당신과 남편께 몇 가지 질문을 드려야 합니다. 남편분이 집에 계신가요? 불러 주시겠습니까? 부탁드립니다."

리타 레너드는 화를 내며 물었다.

"도대체 무슨 일이죠? 우린 이미 경찰과 이야기 끝냈고, 다 설명했어요! 왜 또 우리를 귀찮게 하시는 거죠?"

그녀는 마야를 바라보며 물었다.

"실례지만, 당신은 누구세요?"

"제 조수입니다. 부탁이니, 남편분을 불러 주세요."

리타는 분노에 차 숨을 몰아쉬었다. 그녀는 목과 풍만한 가슴의 일부가 드러나는, 꽤 깊이 파인 드레스를 입고 있었다. 그녀의 피부에 붉은 반점이 퍼져 나갔다. 그 순간, 방 안으로 한 남자가 들어왔다.

키가 크고 날씬한 그는 마치 무용수처럼 움직였다. 검은 머리는 뒤로 빗어 넘겼고, 크고 검은 눈에 속눈썹이 길었다. 그가 미소 짓자 작은 콧수염이 살짝 떨렸다. 그의 정장은 은은한 광택이 나는 어두운 천으로 만들어져, 늘씬한 체형을 완벽하게 돋보이게 했다. 그는 분명 아름다워 보여야 했지만, 어딘가 모르게 이상했고, 무언가 불편한 느낌을 주었다. 무언가 초조해하고 안절부절못하고 있어서, 계속해서 불필요한 움직임을 보였다.

그는 모두에게 인사를 건넨 뒤, 마야에게 잠시 시선을 멈췄다. 미간을 찌푸리더니, 그녀의 눈을 똑바로 바라보았다. 그의 아내는 불안한 듯 몸을 움직였다. 레너드 씨 역시 그걸 눈치챈 듯, 곧바로 몸을 돌려 아내에게 다가갔다.

"여보." 그는 과장된 몸짓으로 그녀의 손에 입을 맞추며 말했다. "손님이 오셨군?"

처음에 마야는 리타 레너드가 자신의 잘생긴 남편을 잃을까 불안해하는 것으로 생각했지만, 상황은 그렇게 단순하지 않은 듯했다. 리타는 분명 그의 일거수일투족을 주시하고 있었다. 그러나 남편도 그녀의 시선을 의식하고, 극도로 주의 깊고 다정한 태도를 보이고 있었으며, 이 모든 행동에는 뭔가 부자연스러운 기운이 흘렀다. 이 두 사람에게는 확실히 뭔가 이상한 점이 있었다. 게다가 남편은 아내보다 눈에 띄게 젊어 보였다.

프랭크는 한숨을 내쉬고 본론으로 들어갔다.

"레너드 씨, 아이가 납치된 그날 밤에 관해 말씀드리려고 왔습니다. 기억하시죠?"

"네, 기억합니다. 이미 다 설명 드렸는데요. 또 뭘 더 말씀드려야 하죠?"

남자는 아무렇지도 않은 듯 의자에 태연히 앉아 다리를 꼬았다. 침착한 태도를 보이려 애쓰고 있었지만, 흠잡을 데 없이 잘 닦인 구두의 앞코가 빠르게 위아래로 흔들리고 있었다.

그때 아만다가 격앙된 목소리로 외쳤다.

"그날 밤 제 아이가 납치됐어요! 당신은 우리 집에 있었잖아요!"

리타는 남편 옆에 서서는, 자신의 풍만한 몸으로 그를 감싸듯 가로막았다.

"여기서 더 할 말은 없어요. 우리는 그 일이 일어나기 전에 이미 떠났거든요."

그녀의 남편은 바닥을 바라보며 어깨를 으쓱했을 뿐이었다.

프랭크는 말을 이어갔다.

"제 질문에 답해 주시죠. 기억하십니까, 당신은 그날 마차를 찾으러 나가셨지요? 그런데 꽤 오랫동안 돌아오지 않으셨습니다. 삼십 분도 넘었어요. 그 시간 동안 어디에 계셨습니까?"

남자는 짜증스럽게 고개를 저었다.

"도대체 얼마나 더 물어보실 겁니까! 마부를 찾고 있었다고요. 네, 정말입니다. 아무리 찾아도 아무데도 없어서 시간이 좀 걸렸습니다. 이건 경찰들에게 이미 말했습니다. 게다가 그 늙은 문지기도 저를 봤어요. 기억나지, 여보? 이 얘기 벌써 했잖아!"

"맞습니다," 프랭크는 마지못해 대답했다. "하지만 그 문지기가 진술을 번복했습니다. 그날 실제로 있었던 일에 대해 모두 털어놨어요. 그러니 당신은 저와 함께 가서 경찰서에서 모든 질문에 답하는 것이 좋을 것 같습니다. 가시죠!"

마리우스 레너드는 자리에서 벌떡 일어났다. 그의 목소리가 높아져 비명처럼 들렸다. "설명했잖아요! 마부를 찾고 있었다고요! 그가 어디론가 사라져 버렸어요! 도대체 뭐가 문제라는 거죠? 겨우 십 분 정도 자리를 비웠던 건데, 그게 무슨 대단한 일인 것처럼 과장하고 있잖아요!"

그의 아내는 듬성듬성 난 연한 빛깔의 눈썹을 찌푸린 채 무언가를 생각하고 있었다. 마침내 그녀가 입을 열었다.

"그럼, 나한테 거짓말한 거야? 원래는 그게 아니었어?"

"왜 그래, 여보? 무슨 말을 하는 거야? 이건 그냥 오해일 뿐이야!" 그는 억지웃음을 지었다.

하지만 아내는 그의 말을 듣지 않았다. 그녀는 생각에 잠긴 목소리로 천천히 말했다.

"정말로 당신 꽤 오래 자리를 비웠어……. 도대체 어디에 있었던 거야?"

"다 설명할게! 이건 어리석은 오해야, 오해일 뿐이라고!" 레너드는 갑자기 도망치려는 듯 몸을 움찔했지만, 경찰서장이 막아섰다. 방 안으로 경찰관이 두 명 더 들어왔다.
 슐은 남자에게 수갑을 채운 뒤 문밖으로 데리고 나갔다.

28장

마리우스 레너드는 경찰서로 끌려갔다. 프랭크는 참기 힘든 조바심을 느끼고 있었다. 이제 곧 모든 것이 해결될 것 같았다. 아만다 마이어는 현관으로 나왔는데, 그녀의 얼굴은 매우 창백해 보였다. 슐은 그녀가 의식을 잃는 건 아닐까 생각할 정도였다. 그 뒤를 따라 마야가 나타났다.

"저, 마이어 부인……. 아무래도 부인께서는 집으로 돌아가시는 게 좋을 것 같습니다. 저는 경찰서로 서둘러 가봐야 합니다." 프랭크가 말했다.

"전 뭘 해야 할까요?" 마야는 지친 목소리로 물었다.

"마이어 부인 댁으로 같이 가 있어요. 나도 곧 가겠습니다."

이 아가씨에게는 분명 무슨 일이 일어나고 있었다. 그녀는 오늘은 내내 거의 말을 하지 않았다. 어제는 그녀에게서 마치 빛이 뿜어져 나오는 것 같았지만, 지금은 그 빛이 사라져 있었다. 경찰서장은 그녀와 속마음을 터놓고 대화를 나눌 생각은 전혀 없었지만, 무언가 마음에 걸렸다. '뭐, 아직 어린애 같은

면이 남아 있고, 동생 걱정도 되는 거겠지. 별일 아니야. 괜찮아, 곧 모든 게 해결될 거야.'

마차 안에서 마야가 아만다에게 물었다.

"그 레너드 부부는 왜 그렇게 이상한 거죠?"

"잘 모르겠어요." 아만다가 아주 조용히 말했다. "그는 원래 소상인의 아들이었다고 해요, 작은 가게 하나를 운영하는. 리타의 아버지도 같은 상인이지만 아주 부자죠. 자기 소유의 공장도 있고. 엄청난 재산가예요. 리타는 남편보다 일곱 살 연상이예요. 그녀는 그를 아주 많이 사랑하고 있어요. 그는 가난하고, 그녀가 그에게 돈을 주고 장부를 확인하죠. 사람들이 그러는데, 그녀는 질투가 심하대요. 마리우스는 그녀의 마음을 상하게 하지 않으려고 애쓰고 있어요. 마음이 상한 리타는 무슨 짓을 할지 모르거든요……."

"아 네, 알겠어요. 그분하고 친하세요?"

"아니, 당연히 아니요. 우리 엄마는 시에서 영향력 있는 사람들과 친분을 유지해야 한다고 생각하거든요. 그래서 그 사람들이 우리 집 저녁 식사에 온 거예요. 엄마가 또 무슨 대단한 행사를 준비하고 있어서요. 그게 전부예요." 아만다는 지친 듯 한숨을 내쉬었다.

마차는 익숙한 울타리 앞에 도착했고, 노인이 서둘러 대문을 활짝 열었다.

아만다가 먼저 거실로 들어섰고, 그 뒤를 마야가 따랐다.

위압적인 여성의 목소리가 들려왔다. 방 안에는 이미 두 사람, 남자와 여자가 와 있었다. 여자는 키가 작고 병적으로 여위었으며, 기묘한 디자인의 연보라색 드레스를 입고 있었다. 풍성한 소매가 어깨를 가리고 있었고, 치마는 여러 겹의 풍성한 층으로 이루어져 있는데, 뒤쪽 치맛자락이 꼬리처럼 길게 늘어져 있었다. 흰머리가 섞인 갈색 머리는 높이 올려 빗었고, 연보라색 장식이 달린 작은 모자가 살짝 옆에 얹혀 있었다. 입술은 얇았고 작고 검은 눈에서 나오는 시선은 날카로웠다.

그 여자의 동행은 오히려 호감이 가는 인상이었다. 특별히 눈에 띄는 구석은 없는 얼굴에, 어두운색의 머리카락은 희끗희끗했고, 수염도 마찬가지였다. 그는 마치 다른 생각에 잠겨 있는 것처럼 어딘가 자신감 없이 움직였다. 얼굴에는 슬픔이 배어 있었고, 그 표정은 그에게 아주 익숙한 것 같은 느낌을 주었다.

여자는 앞으로 한 걸음 나서더니 인사도 없이 마야를 빤히 바라보았다.

"이 애는 누구지? 새 하녀인가?"

마야는 그녀 앞에 서서, 무례한 부인의 눈을 똑바로 바라보며 대답했다.

"아뇨, 하녀가 아니에요. 저는 경찰을 돕고 있어요."

"이게 무슨 무례한 짓이지?!" 밉살스러운 부인은 주위를 둘러보며 동조를 구했다. "'마님'이라고 말하는 법도 배우지 못했느냐?!"

"아니요, 마님, 배우지 못했습니다." 마야는 눈길을 피하지 않고 계속 마주 보았다. "하지만 저는 인사하는 법은 배웠답니다. 안녕하세요!"

부인은 당황하여 뭐라고 말할지 몰랐다. 그러다 분개한 듯 주변을 둘러보며 말했다.

"우리가 딸과 함께 있도록 자리를 피해줄 수 있을까?"

이들은 아만다의 부모, 드 빌 부부임이 분명했다.

뜻밖에도 아만다가 고개를 저으며 말했다.

"여기 있게 해주세요."

드 빌 부인은 불만스럽게 입술을 굳게 다물더니 마침내 딸에게 말하기 시작했다.

"무슨 일이니, 아만다?!"

"아무 일도 없었어요. 새로운 소식도 없고요."

"우리는 방금 경찰서를 지나왔단다. 마리우스 레너드가 체포됐더구나! 이건 끔찍한 실수야! 너는 그가 아무 관련 없다고 경찰에 말해줘야 해!"

"지금 농담하세요, 엄마?" 아만다가 속삭였다. "경찰은 제 아들을 찾고 있어요."

"그래, 나도 안다. 하지만 왜 존경받는 사람들을 여기에 끌어들인 거니? 너도 잘 알잖아 그 사람의 장인이 누구인지! 그렇게 영향력 있는 사람인데, 사회적 지위도 있고……!"

마야는 자기 귀를 믿을 수 없었다. 그녀는 아만다를 바라보았다. 아만다는 움츠러든 듯 보였다. 그렇군……. 마야는 자기 안에서 무언가가 폭발하려 하는 것을 느꼈다. 어째서인지 그녀는 어떤 일이 있어도 아만다에게 진심으로 화를 낼 수가 없었다.

마야는 눈을 가늘게 뜨고 노래하듯 길게 끄는 말투로 물었다.

"그녀는 양녀인가요?"

"뭐라고?"

고귀한 드 빌 부인은 감히 자기 말을 가로막은 나이 어린 여자를 향해 위엄있게 돌아섰다.

"아만다는 입양한 딸이죠? 보육원에서 데려오신 거 맞죠, 그렇죠?"

"무슨 소리를 하는 거지? 아만다, 이게 무슨 일이야?"

"아, 걱정하지 마세요! 그냥 보통 입양한 애들한테 그렇게 대하잖아요. 아무렇게나요. 데려가서 실컷 놀이를 한 후, 나중에는 싫증을 내죠. 맞죠? 그리고 나중엔 '우리가 너를 키워주고 먹여줬다'고 큰소리치고요. 아닌가요? 아, 그럼 제가 틀렸나 보네요."

"어떻게 감히 그런 말을?! 필립!" 부인은 화가 나서 숨을 헐떡거렸다.

"제가 그렇게 심한 말을 했나요? 당신은 자신의 딸을 사랑하지 않아요, 그건 바보도 알겠는데요. 따님은 당신에게 필요 없는 존재예요."

"내가? 나는 사랑해…… 아만다…….."

마야는 갑자기 이 모든 '신사 숙녀들'에게 지쳐버린 기분이 들었다. 그녀는 의자에 털썩 앉아 조용히 말했다.

"제 동생이 한 번은 어떤 남자애한테 차였어요. 뭐, 남자애라고 해도…… 실제로 만난 건 아니고 그냥 연락 주고받고, 친하게 지내던 사이였죠. 근데 그 애가 갑자기 '우리 관계를 좀 쉬자'고 문자를 보냈어요. 바보 같은 녀석이죠. 그때 동생은 열네 살이었고 지금은 열다섯이에요. 간단히 말해서, 어려서 미숙했던 거예요. 동생은 그 일로 이틀 동안 학교에 안 갔어요. 그냥 집에서 누워서 울기만 했어요. 우리 엄마는…… 원래는 그런 쇼핑 같은 거 전혀 안 좋아하시는 분이에요. 그런데 그날은 휴가까지 내고 동생을 데리고 시내에 가서 하루 종일 지냈어요. 미용실도 가고, 옷도 샀어요. 산책하고, 카페에 가기도 하고. 그냥 그렇게요. 사람들은 열네 살에 있을 수 있는 대수롭지 않은 바보짓이라고들 하지만요. 그런데 당신들은……, 난 정말 모르겠네요. 아만다는 제가 이곳에 있는 사흘 내내 혼자였어요. 왜 당신들은 그녀 옆에 있어 주지 않는거죠? 그 악당이나 감싸고 있고……."

아만다는 얼굴을 두 손으로 감싼 채 앉아 있었다.

드 빌 부인은 치맛자락 스치는 소리를 내며 벌떡 일어섰다.

"우린 갈 거야. 내 평생 이렇게 무례한 말은 처음 들어봐!"

남편이 무언가 말하려 했지만, 아내는 단호한 몸짓으로 그를 제지했다.

"오, 제발 그만해요, 여보! 당신이 늘 남을 감싸는 데 익숙한 건 알지만, 지금은 나도 좀 생각해 줘야 할 때 아니에요! 내 건강 상태로 이런 공격적인 말을 듣고 있어야 하냐고요!"

부인은 나가려고 돌아서다 말고 멈춰 섰다.

"아만다, 너는 저 애를…… 내쫓아야 허. 나중에 나에게 편지해라. 그리고, 사랑하는 우리 딸, 나는 지금 경찰서에 가서 보석금을 내고 레너드를 석방시킬 거야. 그 사람은 아무 잘못도 없어, 너는 결국 알게 되겠지만. 그때면 너무 늦을 거다."

드 빌 씨는 무언가 말을 꺼내려다 말고, 대신 딸의 어깨를 어색하게 두드리며 "다 잘될 거다, 애야!"라고 짧게 말했다.

아만다 마이어는 눈을 들지 않은 채 벽 쪽으로 가서 호출 벨을 울렸다. 하인이 들어왔다. 그녀는 성기 없고 지친 목소리로 말했다.

"소년을 데려와요."

그러고는 마야를 향해 덧붙였다.

"이제 이 모든 걸 끝낼 때군요. 미안해요. 정말, 정말 미안해요. 내가 왜 그랬는지 모르겠어요. 이 모든 게 다 소용없는 일인데."

그녀의 목소리는 조용하고 이상하게 기계적이어서 마치 억지로 말하고 있는 것 같았다.

로비가 들어왔다. 그는 약간 겁먹은 것 같았지만, 대체로 괜찮아 보였다.

"로비를 데리고 가도 된다는 거예요?" 마야는 아직도 믿기지 않았다.

"네, 아이를 데리고 가세요. 원하는 곳까지 데려다 주라고 할게요. 나는 너무 지쳤어요."

아만다는 잠시 말을 멈추더니 덧붙였다.

"고마워요. 우리 엄마에게 지금껏 아무도 그런 말을 한 적이 없어요."

"음…… 언젠가는 해야 할 말이었죠. 아이는 꼭 찾게 될 거예요. 분명히요."

아만다는 말없이 고개를 저으며 돌아섰다.

29장

로비가 물었다.

"우리 계속 마차를 타고 가는거야?"

마차 안에서 그는 믿음 가득한 눈빛으로 누나에게 어깨를 기댔다. 마야는 눈을 감았다. '모든 게 끝났다는 걸 안다는 건 얼마나 안도감을 주는지…….' 그녀는 마부에게 시의 성문 근처에서 자신들을 내려달라고 부탁했다. 부모님을 만나러 갈 거라고 말했다. 그들이 어디로 가는지는 아두도 알 필요 없었다. 콧수염을 기른 라르스가 그 자리에 있을지 궁금했다. 아니었다. 오늘은 그 대신 다른 사람이, 심지어 두 경이 근무하고 있었다. 다시 경찰서장에 대한 생각이 떠올랐다. 어떻게 그럴 수가? 마야는 얼굴을 찌푸리고 고개를 저었다. '바보 같으니, 그지지 뭐. 내가 잘못한 거야. 너무 잘 믿는 바보. 다들 말했잖아, 아무도 믿지 말라고. 모든 것이 끝나서 다행이야!'

두 사람은 손을 잡고 먼지 자욱한 길을 따라 걸었다. 어쨌든 그녀는 해냈고, 모든 걸 제대로 한 것이었다. 그런데도 이상했다, 이렇게 잘 풀릴 줄이야, 이렇게 잘 풀리다니! 아빠는……
이렇게 된 것에 대해서 뭐라고 하실까?

그들은 숲에 다다랐다.

"잠깐만, 로비……."

마야는 치마에 먼지가 묻는 것을 개의치 않으며 쪼그려 앉았다.

지체하고 싶지는 않았지만, 확인하지 않을 수 없었다.

"팔 좀 줘 봐. 그냥 보기만 할 테니 걱정하지 마."

팔꿈치 위쪽 피부에 어두운 자국이 뚜렷하게 보였다. 폭이 3센티미터 정도 되는 띠 모양의 선. 그러니까, 이렇게 생겼구나. 단순한 선. 하지만 절대 다른 것과 혼동될 수 없을 것이다. 그래, 알아두자.

숲은 이전처럼 어두컴컴했다. 터널처럼 드리운 나뭇가지들 사이로 거의 빛이 들지 않았지만, 오솔길은 또렷이 보였다. 소년은 고집을 부렸다. 가기 싫어, 그냥 싫어.

"가자, 우리 꼬맹이, 거기는 좋은 곳이야, 정말로. 거기 엄마랑 아빠가 있어!" 누나는 부드러운 금발 머리를 쓰다듬으며 달랬다.

"엄마랑 아빠?" 소년은 어리둥절한 눈빛으로 그녀를 올려다보았다.

"그럼, 폴리나 누나도 있어. 자, 어서 가자! 다들 널 기다리고 있어."

그리고 그들은 걷기 시작했다. 오솔길을 따라, 점점 더 깊이 걸어가자, 소리는 점점 작아졌다. 그리고 갑자기 정적이 찾아왔다……. 마치 진공 속처럼. 기억 속에서부터 무언가 거대하고 두려운 것이 다시금 다가오고 있었다. '기억하고 싶지 않아. 무서워……. 이건 그냥 숲일 뿐이야, 바보야. 넌 이미 여기 와 본 적 있잖아! 하지만 무서워…….'

"나 무서워." 로비가 속삭이며 멈춰 서서 마야에게 몸을 밀착시켰다.

마야는 숨을 깊이 들이쉬고는 로비를 이끌고 단호하게 앞으로 걸음을 내디뎠다. 계속해서 더 멀리, 더 멀리 나아갔다. 앞에는 빛이 가득했고, 그 너머로는 아무것도 보이지 않았다.

하지만 그녀는 들었다. 처음엔 마치 문이 닫히는 소리 같은 '딸깍' 소리. 그 다음엔 목소리.

"엄마, 그래서요?"

폴리나였다! 폴리나!

그리고 엄마의 목소리, 지친 듯하지만 너무나 익숙하고 따뜻한 목소리.

"아직 모든 게 그대로야. 우린 그냥 기다리고 있어."

"엄마……, 엄마!" 소년이 외치며 마야의 손을 잡아당겼다. "가자, 빨리 가자!"

마야는 로비와 함께 몇 걸음을 달리다가 갑자기 멈춰 섰다.

"로비!"

"왜? 가자, 가자." 로비는 그녀의 손을 잡아 끌었다.

"로비." 마야는 움직이지 않았다. "이제부터 너 혼자 달려갈 수 있겠지? 내가 여기 서서 네가 나가는 걸 지켜볼 테니까 무서워하지 마. 그러면 거기서 엄마가 너를 맞아줄 거야."

"정말? 엄마가 날 기다려?"

"아주 많이 기다리고 있어." 그녀는 곧 울음이 터질 것만 같았고, 목소리는 떨리고 있었다. "무서워하지 않을 거지? 그냥 오솔길을 따라 뛰어가, 나는 여기서 네가 나가는 걸 지켜볼게."

"누나는 나랑 같이 안 갈 거야?" 소년이 불안한 눈빛으로 그녀를 바라보았다.

"나는 조금 있다가 갈게, 알겠지?" 마야는 떨리는 목소리를 애써 참으며 말했다. "뽀뽀해 줄게. 너 정말 많이 보고 싶었어."

그녀는 동생을 안아 올려 꼭 끌어안았다.

"자, 달려!"

로비는 달리기 시작했다.

마야는 그 자리에 서서 로비를 바라보고, 또 귀를 기울였다. 그의 가볍고 작은 실루엣이 빛 속으로 사라지는 모습을. 저 멀리 어디선가 엄마가, 또 곧이어 폴리나가 외치기 시작하는 것을!

그리고 그의 희미한 목소리도.

"엄마……, 어디 있어……?"

그녀는 몸을 돌려, 긴 드레스 자락이 풀숲에 걸리는 것을 느끼며 뒤를 향해 걷기 시작했다. 더 빨리, 더 빠르게, 그들의 목소리가 들리지 않도록. 눈물이 볼을 타고 흘렀고, 그녀는 큰 소리로 흐느껴 울면서도 걸음을 멈추지 않았다. 바로 이곳이 그 경계, 모든 소리가 사라지는 지점이었다. 이제는 걸음을 늦춰도 괜찮았다.

그는 달리기 시작했다.

마야는 그 자리에 서서 로비를 바라보고, 또 귀를 기울였다. 그의 가볍고 작은 실루엣이 빛 속으로 사라지는 모습을. 저 멀리 어디선가 엄마가, 또 곧이어 폴리나가 외치기 시작하는 것을!

30장

아만다는 베개에 얼굴을 묻었다. 아기의 향기는 날이 갈수록 점점 희미해졌다. 이제 곧 완전히 느낄 수 없게 될 것이다. 어릴 적, 아만다는 귀가 자주 아팠다. 그럴 때면 의사가 약을 처방해 주었고, 통증은 곧 사라졌다. 왜 지금은 그렇게 할 수 없는 걸까? 그녀는 숨 쉴 수조차 없었고, 눈물마저 말라버렸다. 그녀는 단 하나만을 바랐다. 아프지 않은 것. 잠들어서, 이 모든 것을 끝내는 것. 이런 고통을 안고 계속해서 살아가는 건 불가능한 일이었다. 그녀는 주머니에서 가루약 봉지를 꺼냈다. 다섯 개? 그래, 아마 이 정도면 충분할 거야. 어차피 더 이상은 없으니까. 그냥 삼키기엔 너무 많으니, 물에 타는 게 낫겠지. 그녀는 몸을 일으키지 않은 채 고개를 돌렸다. 아이 방은 정돈이 잘 되어 있었다. 아이가 없기 때문이었다. 물을 어디서 구하지? 하인을 부르고 싶지는 않은데. 아, 화장실에서 받으면 되겠네. 컵은 바로 여기 있군.

심장이 격렬하게 뛰어서, 차라리 멈춰버렸으면 좋겠다고 느껴질 정도였다. 만약 아이를 찾지 못한다면, 분명 찾지 못할 것이다……. 그리고 누구에게도, 그 누구에게도 무슨 일이 있었는지 말해선 안 된다.

마야는 성문 가까이 다가가고 있었다. 근처에 서 있던 사람들이 모두 조용해지더니, 그녀를 향해 고개를 돌렸다. 그녀는 걸음의 속도를 높였다. 두건! 두건을 휙 뒤집어썼지만, 이미 늦은 것 같았다. 그들이 발걸음을 재촉하며 그녀를 따라오기 시작했다.

더 빨리, 더 빨리! 이제는 숲 쪽으로 방향을 틀 수도 없었다. 아, 어리석었어! 애초에 돌아오지 말았어야 했는데!

마야는 바보 같은 드레스 자락을 추켜들고 날듯이 달렸다. 학교 운동회에서처럼 달렸다. 뒤에서도 달려오고 있었다, 소리치지 않고 조용하게. 그리고 그게 무엇보다 무서웠다. 마차다!

"멈춰요! 멈춰 주세요, 제발!"

"아니, 이게 뭐 하는 짓이오! 마차 밑으로 뛰어들 뻔했잖아요, 아가씨……."

"제발, 빨리 가주세요! 금화 세 개 드릴게요!"

마부는 말에게 채찍을 휘두르고 소리치며 재촉했다. 쫓아오던 이들은 모두 뒤처졌다.

마차 뒤에 몸을 숨긴 채, 마야는 쇠로 된 울타리를 두드리며 외쳤다.

"열어 주세요! 제발, 얼른 열어 주세요!"

문지기는 놀란 듯 그녀를 바라보았다. '정말 성가신 아가씨군!'

"갑니다, 가요. 무슨 불이라도 났나!" 그는 절뚝거리며 문 쪽으로 다가가며 중얼거렸다.

마야는 문지기를 스쳐 지나 현관 계단을 단숨에 올라갔다. 그녀를 맞이하러 나온 것은 니나였다. 상냥한 얼굴에는 걱정스러운 미소가 어려 있었다.

"무슨 일이라도 있나요?"

"아만다는 어디 있나요? 마이어 부인 어디 계세요?" 마야가 외쳤다.

"위층에요. 방해하지 말라고 하셨어요." 니나의 표정이 진지해졌다.

"급한 일이어요. 어디에 계신 거죠?"

"아이 방이요." 니나는 계단 앞을 막아서려고 했다. "하지만 방해하지 말라고 분부하셨어요!"

"괜찮아요."

마야는 그녀를 밀어내고 긴 치마를 움켜쥔 채 계단을 뛰어올라갔다. 니나는 급히 그 뒤를 따랐다.

"이거 보세요, 이러시면 안 돼요. 부인께서 분명히……."

"무슨 일이야?"

'그림자'라고 불리던 집사가 두 사람을 엄격한 눈으로 바라보았다.

니나는 급히 횡설수설했다.

"부인께서 많이 지치셨어요. 지금 아이 방에서 쉬고 계시거든요. 방해하지 말라고 분부하셨어요. 그런데 아가씨가 계속 고집을 부려요."

"아이 방에 계신다고?" 여인은 표정이 어두워졌다. "문은 잠겼고?"

"네. 쉬고 계시고, 방해하지 말라고 부탁하셨어요." 니나는 가지런한 눈썹을 치켜올렸다.

"갑시다."

그림스는 복도를 따라 빠르게 걷기 시작했다.

"마이어 부인!" 그녀는 문을 두드렸다. "마이어 부인, 문을 열어주세요, 부탁드립니다!"

"주무시는 중이에요!"

집사는 하녀의 말을 듣지 않았다. 그녀는 문을 세차게 두드리며 소리쳤다.

마야는 몸이 떨리는 걸 느꼈다.

"남자들을 불러요, 누구든! 어서요! 문을 부숴야 해요!" 그녀가 소리쳤다.

니나는 무슨 일이 벌어지고 있는지 여전히 이해하지 못했다.

하인이 자기는 허리가 아프다고, 의사가 허락하지 않을 거라고 말을 늘어놓아, 결국 마부를 불러왔다. 건장한 남자가 어깨와 발로 문을 몇 차례 들이받자, 마침내 문이 열렸다.

처음에 그들은 그녀를 알아채지 못했다. 아만다 마이어는 어린이용 하늘색 베개를 무릎에 안은 채 안락의자에 웅크리고 앉

아만다 마이어는 어린이용 하늘색 베개를 무릎에 안은 채 안락의자에 웅크리고 앉아 있었다. 그녀는 끔찍할 정도로 창백해서 마치 인형처럼 보였다. 주변의 소란에도 불구하고 아만다는 눈을 뜨지 않았다. 바닥에는 가루약 포장지가 흩어져 있었다.

아 있었다. 그녀는 끔찍할 정도로 창백해서 마치 인형처럼 보였다. 주변의 소란에도 불구하고 아만다는 눈을 뜨지 않았다. 바닥에는 가루약 포장지가 흩어져 있었다.

"의사를 불러요! 어서!" 그림스가 소리쳤다. "도와주세요!"

31장

　프랭크는 낡은 실내용 재킷을 걸치고는 안락의자에 털썩 주저앉았다. 탁자에서 파이프를 집어 들고 지친 눈을 감은 후 담배를 피우기 시작했다. 익숙한 우울감이 그를 감쌌다. 마야가 마침내 집으로 돌아갔다니 기뻤다. 그는 그녀를 단번에 알아보았는데, 그런 얼굴은 잊을 수 없을뿐더러 지난번의 만남은 그에게 큰 대가를 치르게 했기 때문이다. 그녀가 가버려서 다행이야. 그렇지만, 그렇지만……. 그녀는 흥미로운 아가씨였다. 정말로 흥미로운 아가씨였다, 마치 작고 당돌한 야생 동물처럼.

　프랭크는 담배 연기로 도넛을 만들어 내뿜으며 눈을 감았다. 그녀는 열여섯 살이다. 그의 딸이 그 나이였을 때는 어땠지? 그는 잘 기억하지 못했다. 과거는 그에게 사건 기사로 채워진 신문의 지면처럼 흐릿하게 뒤섞여 있었고, 그 안에서 '은행 강도', '부두 살인' 같은 단어들만 드문드문 읽을 수 있을 뿐이었다. 일. 사실 남자들이 다들 그렇지 않나? 그는 성실하게 자신의 일을 해왔다. 그가 밤이 늦어서야 퇴근한 것은 사실이었다.

아내는 그가 거의 집에 있지 않는다고 잔소리를 했다. 하지만 그는 어떤 이들처럼 유흥을 즐기거나 맥주를 취하도록 마시거나 하지 않았다. 근무, 이것이 전부였다. 그는 훌륭한 경찰이었다. 그렇지 않은가?

때때로 그는 조금 일찍 귀가하기도 했고, 그럴 때면 집에서 서류와 씨름해야 했다. 안젤라가 어렸을 때는 그의 무릎에 올라와 무언가 이야기를 시작하곤 했다. 그는 "애야, 지금은 안 돼. 아빠는 바쁘단다." 하고 말했다. 그러다 그녀가 자라서 그런 행동을 하지 않게 되었다. 언제부터 였을까? 그는 눈치채지 못했다. 안젤라에게 무슨 일이 있는지는 아내를 통해서 들었다. 딸이 학교를 졸업했다. 아 참, 그는 졸업 파티에도 참석했다. 딸은 재봉 공장에서 일하기 시작했다. 좋은 청년을 만났다. 그 청년이 인사하러 찾아왔다. 안젤라는 결혼했다. 결혼식은 생생히 기억났다. 무려 이틀이나 휴가를 받았고, 솔직히 말해 술을 좀 과하게 마셨다.

어떻게 이렇게 시간이 훌쩍 지나가 버렸을까, 몇 년이 흐른 걸까? 안젤라는 그가 스물셋이었을 때 태어났고, 지금…… 그는 쉰둘이다. 안젤라는 올해 서른이 되었겠지.

프랭크는 이마의 땀을 훔쳤다. 이곳은 숨막히게 덥다. 그는 셔츠의 깃을 풀고 숨을 깊이 들이쉬며 가슴을 문질렀다. 또다시 무언가 가슴을 짓누르는 듯했다. 안젤라가 열여섯 살 때는 어땠더라? 그는 간절히 기억해 내고 싶었다. 몇 가지 자잘한 기억이 떠올랐다. 구불거리는 밤색 머리카락, 상아색이라고 불렀던 어떤 특별한 드레스. 그 애가 그렇게 말했지, '상아색'이라고. 맞다. 하지만 그 애는 어떤 아이였지? 당돌했나? 명랑했나? 수줍었나? 조용한 아이여서, 딸이 소란을 피우거나 히스테리를 부린 기억은 없었다. 하지만 그 애는 무엇을 좋아했지? 그림을 그렸나? 노래를 불렀던가?

이런 생각들로 인해 그는 마음이 불편해졌다. 프랭크는 자신에게 이런 질문을 던지는 데 익숙하지 않았다. 왜 굳이 마음속을 파헤치는가? 그는 매년 꾸준히 자신에게 주어진 일을 해왔고, 이것이 삶에서 가장 중요한 것이었다. 가족 모두 살아 있고 건강하다. 그 이상 무엇을 바라겠는가? 그는 언제나 아내가 집에 머물 수 있고, 딸이 좋은 옷을 입도록 충분한 돈을 벌었다. 그것으로 충분한 것 아닌가!

그때, 누군가 문을 거칠게 두드렸다. 그는 신음소리를 내며 의자에서 힘겹게 몸을 일으켰다. 빌어먹을 뱃살이 방해가 되기 시작했다.

"안녕, 프랭크 형! 우리 좀 들어가도 될까?"

그는 예상치 못한 손님들을 의심스러운 눈으로 바라보았다.

"무슨 일이야?"

"어쨌든 우리가 좀 안으로 들어갈게. 안에서 이야기하는 게 좋을 것 같아."

검은 망토를 입은 키 크고 마른 사내는 부드러운 말투로 말했지만, 그 목소리에는 위협이 담겨 있었다.

"들어들 오시오."

그들은 셋이었다. 집 안으로 들어와서도 둘은 두건을 벗지 않은 채 현관문 옆에 섰다. 세 번째 남자는 허락도 구하지 않고 방으로 들어갔다. 주변을 둘러본 후 그 사람은 프랭크가 조금 전까지 앉아 있던 의자에 자리를 잡았다.

경찰서장이 투덜거렸다.

"다른 데 앉아. 그건 내 의자야."

"뭐라고?" 망토를 입은 남자가 선명한 빛의 푸른 눈으로 그를 올려다보았다. 그 눈에는 웃음기가 반짝이고 있었다. "형 의자라고, 프랭크 형? 여긴 형 집이니까 다 형 거잖아. 무슨 차이야? 형 걸 뺏으려는 건 아냐."

"다른 데 앉으라고 했지!" 프랭크는 속에서 분노가 끓어오르는 것을 느꼈다.

남자는 항복이라도 하듯 두 손을 들고 일어섰다.

"알았어, 알았어, 형! 진정해. 우리 오랜만이잖아. 차분히 얘기 좀 하자. 어떻게 지냈어? 보니까 좀 흑덕해진 것 같은데? 아버지 체질이지, 형은 늘 아버지를 닮았다니까! 그런데 나는, 봐 봐, 엄마 쪽이야! 그래, 여긴 완전히 남자 혼자 사는 소굴이 됐군. 아무 때나 우리 집에 한 번 들러, 여기보다는 덜 외로울 거야."

"뭐 하러 온 거야?" 프랭크는 자신의 안락의자에 털썩 앉았다.

남자는 그의 눈을 똑바로 바라보더니, 얼굴에 신경성 경련이 일어나며 일순 윗입술이 일그러졌다.

"그 소녀야, 프랭크. 그 소녀. 빨간 머리. 고양이 같은 노란 눈."

그의 말은 속삭임으로 변했다.

"그 애 여기 있지? 그렇지, 형? 그 애를 집으로 끌고 왔지, 맞지? 어디에 숨겨 놨어?"

슐이 날카롭게 말했다.

"너 미쳤니, 루? 그 애가 여기서 뭘 하겠어? 오래전에 집으로 돌아갔지, 부모가 그 애랑 동생을 데리고 갔다고."

루가 부드럽게 캐물었다.

"정말이야? 부모가? 참 다정하네, 가족 이야기라……."

돌연, 마치 눌렸던 용수철이 튕기듯, 그는 주머니에서 칼을 든 손을 꺼냈다.

"프랭크 형은 내 친형이지만, 맹세코…… 어디 있어? 말해! 여기야?" 그는 문으로 달려가 벌컥 열어젖힌 다음, 다른 문으로 향했다. "어디에 숨겼어? 형은 이미 한 번 나를 방해했지, 형! 다시 그럴 생각은 하지 마!"

"당장 제자리에 앉아!" 프랭크가 고함쳤다. "넌 예전이나 지금이나 여전히 미치광이야! 말했잖아, 그 애는 떠났다고."

"걔가 어디로 가겠어, 형?! 걔는 오늘 아침 북문으로 들어왔어. 식당 집 소년은 거짓말을 하지 않아! 걔 남동생은 자기 이름도 기억 못 했다고, 형! 우리 둘 다 알잖아, 걔가 누구인지! 그런 것들은 장작불에 태워야 해. 그게 신성한 일이야!"

루는 숨을 헐떡였다. 머리카락은 들러붙어 엉켜 있었고, 뺨 위로 땀방울이 흘렀다.

"자, 형. 그 애를 어디에 숨겼는지 좋은 말로 할 때 말해. 그들은 인간이 아니야, 형도 알잖아!"

"내가 이미 말했잖아, 그 애는 오늘 도시를 떠났다고!"

돌연 차분해진 루가 물었다.

"정말로 아무것도 모르는 거야? 오, 형. 형이 관련이 없다는 게 얼마나 다행인지! 내가 설명해 줄게. 그 마녀가 남동생을 데리고 달아났다가 다시 돌아왔어. 똑같이 북문으로. 내가 너무 늦게 알아챘지. 그 애의 표식이 곧 드러날 거야, 프랭크 형. 그러면……, 그 애는 우리 거야."

루는 손뼉을 치더니, 이전의 나긋나긋한 목소리로 부탁했다.

"쉬는 데 방해해서 미안해, 형. 형이 우리 편이라서 기뻐. 우리 편 맞지, 그렇지? 혹시라도 뭔가 알게 되면, 형……."

그는 일행에게 내뱉듯 말했다.

"가자, 애들아. 그 애는 여기 없어."

손이 떨렸다. 나이를 먹으니 신경이 예민해져서, 젠장……. 프랭크는 10분쯤 기다렸다가 옷을 갈아입었다. 오래된 어두운 색 재킷을 입었더니 이제는 좀 몸에 끼었다, 한심한 옷 같으니. 그는 커튼이 쳐진 부엌 창문 쪽으로 다가갔다. 벽에 기대어 커튼을 걷지 않은 채 안뜰을 내다보았다. 아무도 없었다. 프랭크는 기다렸다. 포도 덩굴로 뒤덮인 정자 근처에서 그림자가 움직였다.

그는 쭈그리고 앉아서 - 또 배가 걸리적거렸다 - 작고 낡은 양탄자를 들어 올렸다. 윤기 없는 철 손잡이를 잡아당겼다. 꽤 오랫동안 열지 않았던 문이었다.

그가 아내와 이 작은 집을 샀을 때, 이곳에는 이미 지하 저장고가 있었다. 안나는 잼 단지와 절인 채소를 보관할 수 있다며 무척이나 기뻐했다. 그때 프랭크가 내려가서 보니 지하 저장고가 상당히 길었다. 바로 그 얼마 전, 경찰서의 한 경찰관 집에 불이 나 아이가 화재로 목숨을 잃는 불상사가 있었다. 프랭크는 한참을 고민하다가 바깥으로 통하는 비밀 통로를 파게 하려고 일꾼을 고용했다. 그것은…… 벌써 20년도 더 전의 일로, 안젤라가 아직 아기였던 때였다. 그 통로에 대해 아는 사람은 아내와 딸뿐이었고, 프랭크는 그들에게 절대 아무에게도 말하지 말라고 당부했다.

이제 경찰서장은 끙끙대며 좁은 구멍으로 몸을 밀어 넣고 있었다. 이제 발로 계단의 윗단을 더듬어 찾아야 한다. 아하, 여기 있다. 그리고 두 번째 단. 램프. 램프를 잊어버리고 와서 올라가서 가져와야 했다. 그리고 다시 내려갔다. 저기 익숙한 선반들이 있었다. 안나가 떠난 지도 이미 반년이 지났는데, 그녀가 그렇게 많은 딸기잼을 만들어 뒀다는 걸 그는 완전히 잊고 있었다. 나중에 꺼내야겠다.

계단. 램프를 끄고 바닥에 내려놓아야 한다. 출구는 뒷마당 담장 옆에 위치했다. 뚜껑은 담쟁이덩굴로 덮여 있었다. 프랭크는 빗장을 풀고 뚜껑을 밀었다. 조금 열리긴 했지만, 더 이상은 아무리 해도 열리지 않았다. 담쟁이가 너무 자라서 뚜껑을 움직이지 못하게 막고 있었다. 아주 단단한 줄기였다. 여기는

계단. 램프를 끄고 바닥에 내려놓아야 한다. 출구는 뒷마당 담장 옆에 위치했다. 뚜껑은 담쟁이덩굴로 덮여 있었다. 프랭크는 빗장을 풀고 뚜껑을 밀었다. 조금 열리긴 했지만, 더 이상은 아무리 해도 열리지 않았다.

정말 숨이 막히는군! 프랭크가 더 세게, 또 한 번 더 세게 밀자 작게 우지직 하면서 무언가 뜯겨지는 소리가 났고, 다시 한번 밀자 다시 한번 우지직 소리가 나더니 문이 활짝 열렸다. 그는 호흡이 좀처럼 진정되지 않는 것을 느끼며 발작적으로 숨을 들이쉬었다. 심장이 미친 듯이 두근거렸다. 의사는 석 달 후에 다시 진찰받으러 와야 한다고 했지만, 어느새 일 년이 지나 버렸다. 괜찮아, 아직 시간은 충분해.

그는 조용히 뚜껑을 닫은 후, 돌로 눌러 놓고, 그 위에 잘린 담쟁이 줄기를 덮어놓았다. 우습지만, 안나는 이 통로를 사용하게 되리라고 전혀 믿지 않았는데, 이렇게 되고 말았군!

울타리를 넘어가는 일만 남았고, 여기에는 아무런 장치도 없었다. 헐떡이지 않으려 애쓰며 경찰서장은 담을 손으로 잡고 몸을 들어 올려 서툴게 다리를 끌어올린 후 다른 쪽으로 쿵 하고 뛰어내렸다.

오 분 뒤, 그는 마르타의 식당으로 향하는 영업용 마차에 타고 있었다. 이제야 그는 차분하게 생각할 수 있었다.

'왜 돌아왔을까? 그런 행동을 했다는 건 뭔가 일이 있다는 거야. 마르타의 아들!'

프랭크는 신음했다.

'그 멍청한 아이가 사랑에 빠졌어, 그 녀석이 머리를 혼란스럽게 만든 거야. 얼굴만 멀쩡한 놈팡이 같으니라고, 진작 단단히 경고했어야 하는 건데! 왜 그걸 생각 못 했지! 그 애는 그렇게 분별력이 있고, 독립적인 애처럼 보였는데! 그 놈이 그 애를 유혹한 거야. 그런데 마르타는! 어떻게 그녀가 눈치채지 못했을까? 그래, 프랭크, 남에게 책임을 돌리지 마.'

다음 생각이 그를 조금 진정시켰다.

'그들은 마르타 집부터 찾아봤을 거야. 루가 나에게 온 건, 거기서 못 찾았기 때문이겠지.'

마차가 식당 앞에 멈춰 섰다. 프랭크는 요금을 지불하고, 마부에게 기다리라고 말한 뒤 마차에서 내렸다.

"이봐요, 마르타! 어디 있어요?"

32장

마르타는 팔꿈치를 탁자에 괴고 두 손으로 얼굴을 가렸다. 프랭크가 참을성 없이 물었다.

"혹시 그녀가 뭐라고 말한 거 없어요? 기억해 봐요!"

여자는 구겨진 손수건에 코를 풀고 고개를 저었다.

"아무 말도 하지 않았어요. 그냥 오늘 돌아오지 않았을 뿐이에요. 저는 다 잘 됐다고 생각했죠, 그녀가 떠났으니까. 저에게도 사실 이런 걱정들, 아시다시피 불필요한 것이에요. 그저 그 아가씨를 도와주고 싶었을 뿐이니까요. 그런데 지금은, 어떤 상황인지 아시잖아요. 당신의 동생이……." 마르타는 다시 고개를 저으며 훌쩍였다.

"좋아요. 아들 녀석은 어디에 있죠?"

"방금 집에 돌아와서 자기 방에 있어요. 슐 씨, 그 아이는 나쁜 짓을 할 리가 없어요, 맹세해요. 그 애가 '수비대'와 어울렸다는 건 믿을 수 없어요. 정말 착한 아이예요, 잘 모르셔서 그래요!"

프랭크는 대답대신 그저 한숨을 내쉬었다.

젊은이는 침대에 누워 담배를 피우고 있었다. 창문이 열려 있었지만, 방에서는 값싼 담배 냄새가 심하게 났다. 경찰서장을 본 그는 재빨리 일어나 바닥으로 발을 내리며 앉았다. 프랭크는 의자를 끌고 왔다.

"그 여자애 어디 있지?"

"누구요……?"

"당장 말해!" 프랭크가 그의 멱살을 잡고 확 잡아당겼다.

"놓으세요!" 청년이 쉰 목소리로 말했다.

풀려난 그는 눈물을 간신히 참고 있었다. 그는 셔츠 깃을 바르게 폈다.

"왜 저에게 뭐라 하시는 거예요? 몰라요 저는, 어디 있는지!"

"다 말해. 빨리!"

빅터는 코를 훌쩍였다. 그는 꽤나 애처롭게 보였다.

"저는 당신의 동생…… 루이스 슐 씨에게 당신 사무실에서 들은 걸 말했어요. 그 여자애가 이른 아침에 북문으로 들어왔다는 얘기요. 이건 수비대 대원의 의무예요, 의심스러운 일은 모두 보고해야 하니까요. 그분은 저를 칭찬했어요. 그리고 그녀를 감시하라고 분부했어요. 그녀의 물건을 살펴보았지만, 아무것도 찾지 못했어요."

빅터는 다시 코를 훌쩍였다. 이제는 말투에 확신이 생기고, 심지어 어떤 자부심까지 느껴졌다.

"루이스 씨가 말했어요, 그녀는 분명히 그 괴물 중 하나라고요. 그리고 그녀에게 표식이 있는지 확인해야 한다고 했어요. 다만 그건 바로 나타나는 게 아니라고 하더군요. 그녀를 유인해서 가둬두면 정확하게 알 수 있을 거라고 했어요."

"그래서, 유인했나?"

"그 여자애 정말 약삭빠르더라고요. 노력했지만, 마지막 순간에 빠져나갔어요. 저랑은 안 가겠다고 했어요."

프랭크는 안도의 한숨을 간신히 참았다.

"계속 말해!"

"그게 다예요! 오늘 그녀가 당신과 함께 떠난 후로는 본 적도 없어요. 이미 물어보셨잖아요. 저는 그녀가 어디에 있는지 정말 몰라요!"

"에휴, 이 녀석아! 네 아버지는 올바른 사람이었는데, 넌……그저 줏대 없고 비열한 놈이구나!"

경찰서장과 이야기를 나눈 후, 마르타 필리는 팔을 포갠 후 고개를 떨구었다. 그녀는 항상 아이들이 어떤 충격도 받지 않도록 지켜왔다. 그런데, 그렇게 하지 말아야 했을까? 어쩌면 빅터가 모든 걸 있는 그대로 아는 것이 더 나았을까? 그들의 가난에 대해서, 그리고 아리아나가 어떻게 그들을 구해주었는지에 대해서도? 빅터는 지금까지 모든 일이 그저 운이 좋아서 이렇게 살고 있다고 생각하고 있는 것이 분명하였다.

경찰서장이 집을 나서자, 마르타는 삐걱거리는 계단을 천천히 올라가 아들의 방문을 두드렸다.

33장

프랭크는 다시 마차에 탔다.

"어디로 갈까요, 나리?"

'생각해, 이 멍청한 늙은이! 만약 그 애가 그 녀석에게 빠진 것이 아니라면 — 빠진 건 아닐 거야, 저 공작새는 분명히 마음이 상했어 — 그렇다면 그녀는 다른 이유로 돌아온 거야. 아마 뭔가를 알게 되었거나 깨달은 거겠지. 그렇다면 아마도 그녀가 있을 곳은 분명히…….'

"마이어 씨 댁으로 갑시다."

마야는 너무나 두려웠다. 아만다는 위세척을 받았는데, 즉, 간단히 말해, 엄청나게 토했다. 지금 그녀는 쉬는 중이었다. 의사는 모든 게 괜찮을 거라고 말했지만, 그녀를 혼자 두지 않는 게 좋겠다고 했다. 집사 그림스 부인이 오늘 밤 안주인의 방에서 자겠다고 했다. 마야에게는 손님방을 내주었다.

마야는 문을 잠그고, 두 번 문고리를 당겨 확인한 뒤 바닥에 주저앉았다. 다시 갈비뼈 아래 어딘가로부터 공포가 스멀스멀

올라왔다. 아만다를 구하는 동안에는 아무 생각도 못 했는데, 이제는 모든 게 다시 떠올랐다. 이 아름다운 도시에 있는 것이 이렇게도 무시무시할 줄이야……. 처음엔 참 아늑하고 사랑스러워 보였는데, 이제는 모퉁이마다 괴물이 숨어서 바라보고 있는 것만 같았다……. 정말 이상한 사람들이다……. 그래도 헛되이 돌아온 건 아니었다, 그러지 않았으면 아만다는 죽었을 테니까. 의사가 말하길, 15분에서 20분만 더 늦었어도 돌이킬 수 없었을 거라고 했다. 하지만 이제는 어쩌지? 왜 나를 이렇게 대하는 걸까? 마치 짐승처럼 사냥하려 하다니? 나는 아무 잘못도 하지 않았는데. 단지 그 표식 때문에?

마야는 다시 소매를 걷었다. 피부색이 조금 어두워진 것 같았다. 아니면 그저 그렇게 보이는 걸까?

이제 여기서 어떻게 떠나지? 밤에 몰래 숲으로 가야 하나? 아니, 그건 안 된다. 그녀는 인정하고 싶지 않았지만, 이제는 도처에 위험이 있는 것 같았다. 그리고 이제 슐 씨에 대해 다 알고 나니, 어쩌다 그를 믿게 됐는지 의아했다. 그녀는 그를 친구라고 생각했는데. 바보 같으니! 이 사람들은 다들 어서 빨리 그녀를 잡을 생각뿐이었다. 마녀를 찾았으니 말이다! 하지만 자신이 알게 된 그 일은 어떻게 해야 할까? 그에게 편지를 써야겠다. 그리고 내일 아침 일찍 떠나는 거야, 그러면 돼! 아만다에게 마차를 빌려달라고 부탁하면, 그녀는 거절하지 않겠지?

그때 누군가 문을 두드렸다. 니나였다.

"경찰서장님이 오셨어요. 당신을 만나고 싶어 하세요."

"아니요. 그분과 이야기할 수 없다고 전해주세요."

니나가 나갔다가, 일 분도 안 되어 되돌아왔다.

"경찰서장님이 매우 급한 일이라고 하세요."

"난 싫다고 했어요!"

마야는 곧 그들이 자기를 붙잡아 어딘가로 끌고 갈 모습을 상상했다. '안 돼!' 문이 잠겨 있는지 다시 확인했다. '돌아오지 말았어야 했어! 여기서는 아무도 나를 걱정해 주지 않는데, 스스로 해결하도록 둘 걸 그랬어.'

"무슨 일인가요?" 이것은 슐 씨의 쉰 목소리였다. 그가 조용히 말했다. "열어봐요, 아가씨와 이야기하고 싶어요."

"싫어요. 싫다고요!"

"대체 무슨 일이에요? 왜 그러죠? 나라고요!"

"가세요! 저 다 알고 있어요!" 마야는 흐느꼈다. 너무 오래 참고 있었기에, 이제는 눈물이 줄줄 흘러내렸다.

"알겠어요. 그럼 무슨 일인지만 말해 줘요. 이렇게, 문 너머로 말해요."

"당신이 날 잡으려 한다는 거 다 알아요. 당신도, 빅터도."

프랭크는 뒤통수를 긁적였다.

"빅터에 대해서는 나중에 이야기합시다. 그런데 대체 내가 무슨 잘못을 했나요? 내가 뭘 했다는 거예요?"

"당신은 그와 한 패잖아요. 누가 말해줬어요. 다 안다고요."

마야는 수가 놓인 손수건으로 코를 닦았다.

"뭐라고 말했나요? 다시 말해 보세요."

"빅터랑 슐 씨가 빨간 머리 마녀를 잡을 거래요."

"이런!" 프랭크가 깊은 한숨을 쉬고 다시 말하기 시작했다. "들어보세요. 나에게 동생이 하나 있습니다. 우리는 서로 몇 년째 연락도 안 하고 지내요. 그 말은 내가 아니라 그 녀석에 대한 이야기입니다. 그래요, 그가 수비대 지휘관인 건 사실입니다. 그리고 그의 성도 슐이지요. 하지만 나는 거기에 아무 상관도 없습니다, 알겠어요? 나는 프랭크 슐이고, 그 녀석은 루이스 슐이에요. 나는 아가씨를 돕고 싶어요! 그들이 아가씨를 찾고 있어요. 나는 마르타에게도 다녀왔고, 그 집 풋내기 녀석과도 이야기했답니다."

문 너머에서 잠시 정적이 흘렀다. 그러고는 자물쇠가 딸깍 소리를 냈다. 마야는 다시 코를 닦았다.

"못된 놈들. 상황이 많이 안좋아졌어요."

그녀는 소파에 다리를 올리고 웅크리고 앉았고, 프랭크는 다른 소파에 앉았다. 결혼 안 한 아가씨와 한 방에 단둘이 있는 것은 예의가 아니었지만, 선택의 여지가 없었다.

"그래서? 말해보세요. 누구와 그렇게 다정하게 수다를 떨었나요?"

"빅터의 여동생, 티나와요. 그 애가 이 지역에 떠도는 빨간 머리 마녀에 대한 괴담을 이야기해 줬어요. 어떻게 그녀를 잡았는지도요. 흥미롭고, 정말 엄청난 이야기예요! 그리고 그 애가 그러더군요, 자기 엄마는 그 이야기를 믿지 않지만, 빅터랑 슐 씨가 그녀를 잡을 거라고. 그 사람이 정말 당신 동생이에요?"

"말했잖아요. 그 녀석과 나는 오늘 십 년 만에 처음으로 대화를 했어요."

"알겠어요. 그들은 저를 잡으려는 거죠? 그래서요? 처형하려는 건가요?"

프랭크는 대답 대신 물었다.

"왜 돌아왔지요? 무슨 일인가요? 아이는 괜찮아요?"

"로비는 집에 갔고, 무사해요. 그럴 거라고 믿어요."

"그런데 왜 다시 돌아왔나요?" 경찰서장은 결국 참지 못하고 물었다.

"아만다의 아이가 어떻게 납치됐는지 알 것 같아서요."

마야는 의자에 똑바로 앉았다.

"그건 새총이었어요. 베로니카 포지가 마이어 부부가 아이한테 장난감을 잔뜩 사주고, 심지어 개구쟁이 남자아이가 쓸법한 물건까지 미리 준비해 뒀다고 했던 것 기억나세요? 그게 새총이에요. 아이 방 창문이 분수대와 큰 동상을 바라보고 있잖아요. 누군가가 큰 조약돌을 주워 와 동상을 향해 쏘기 시작했어요. 노인이 공원을 살펴보러 가자마자, 아기를 데리고 나간 거죠. 아마 아기가 울지 않도록 먼저 재웠을 거예요. 그 사람은 시간을 정확하게 계산했어요. 그리고 그에게는 대문 열쇠도 있었고요. 그는 하인들이 언제 차를 마시는지도 알았고, 그 말인즉슨, 언제 복도에 아무도 없는지도 알았다는 거죠. 그 사람은 대문을 열고 재빨리 나가서 아이를 누군가에게 넘겨준 후, 다시 돌아와서 문을 잠갔어요. 그리고 그건 레너드가 아니에요.

만약 그 사람이 레너드였다면, 문을 열어달라고 문지기를 부르지 않았을 거예요. 그건 그냥 우연의 일치였어요. 그 사람이 아이를 안고 나갔고, 얼마 안 있어 레너드가 나갔던 거죠, 대문이 열려 있었으니까요. 그런데 그 사람이 다시 돌아와서 문을 잠그자, 레너드는 안으로 들어올 수 없었던 거예요. 이해되세요?"

프랭크는 생각에 잠긴 듯 콧등을 문질렀다.

"새총에 관해서는, 아가씨가 제대로 짚은 것 같군요. 하지만 여기엔 아주 정교한 계산이 필요하죠. 그 시점에 유모는 이미 잠들어 있어야 합니다. 하지만 그녀는 차를 즉시 마시지 않았어요. 그럼 어떻게 된 걸까요?"

마야가 조용히 말했다.

"네. 저도 그게 이상하다고 생각했어요. 그런데 말이죠, 만약 계산할 필요가 없었다면요? 유모가 직접 문지기의 주의를 다른 곳으로 돌리게 하고 아이를 데리고 나간 거라면?"

"그럼 어떻게 그렇게 빨리 그 일을 해치우고 깊이 잠들 수 있었을까요? 의사가 그녀를 진찰하고는, 그때쯤 약이 충분한 효과를 내고 있었을 거라고 말했습니다. 아, 정확한 시간 정보가 없어서 아쉽군요!"

"그럴 경우 저도 알 수가 없죠."

프랭크는 말을 멈췄다. 그는 갑자기 자신이 매우 피곤하다는 걸 깨달았다. 이미 매우 늦은 시간이었다. 그는 자신도 모르게 자기 집 울타리를 다시 힘겹게 기어오르는 모습을 상상했다. '이 집에서 묵어도 될지 부탁해 볼까? 그게 낫겠군. 먼저 경찰서

에 전갈을 보내야겠어.'

"이렇게 하죠. 여기서 하룻밤 묵어도 되는지 안주인에게 물어볼게요. 내일 아침에 아가씨가 말하는 곳으로 데려다 주겠습니다. 그 이후로 이곳 일은 내가 알아서 처리할게요. 이제 잠자리에 들어요. 문 잠그고, 아무에게도 열어주지 말아요. 아무에게도, 알겠지요?" 그가 말했다.

"가족이 걱정하지 않을까요? 아니면 혼자 사세요?"

슐 씨가 가족과 함께 있는 모습을 상상하는 건 어딘가 어색했다.

프랭크는 '으흠……' 하고 소리를 내었다.

"아내는 지금 딸아이 집에 가 있습니다. 딸이 셋째 아이를 낳았는데, 그들은 멀리, 바닷가 쪽에 살고 있어요. 그래서 아내가 딸을 도우러 갔지요. 벌써 반 년이나 되었어요. 나에게도 오라고들 해요. 여기 집을 팔고, 거기서 살자고……. 말은 쉽지요!"

"그럼, 서장님은요?"

"내가 뭐요? 나는 일이 있잖아요. 내가 거기서 뭘 하겠어요? 그래도 가끔은 생각해요, 바닷가를 거닐면 얼마나 좋을까, 하고. 하지만 지금은 아닙니다."

"그럼, 언제요?"

"뭘 그렇게 캐묻나요? 나중에. 이 일 마무리하고 나서, 그때 가서 보자고요!"

"그러니까, 완전히 혼자 사시는 거예요?"

"혼자지요. 아까 말했잖아요."

"가족이 그립지 않으세요?"

"그럴 틈이 없어요. 일하고 있으니까요."

"그럼, 따님은요? 그리워하지 않을까요?"

프랭크는 마지못해 대답했다.

"나에게 편지를 써요. 나도 답장하고요. 내가 사랑한다는 건 그 애도 압니다. 그 정도면 충분하다고 생각해요."

마야는 생각에 잠긴 듯 물었다.

"정말로 알고 있다고 확신하세요? 당신이 사랑한다는 것을?"

"무슨 말도 안 되는 소리를 하나요? 부모라면 다 자기 자식을 사랑합니다."

"아, 물론 그렇죠……. 당신이 아만다의 어머니와 교류가 없는 것 같아 아쉽네요."

마야는 기지개를 켜고 화장대 위에서 작은 양치기 소녀 조각상을 집어 들었다.

"자, 보세요. 이게 보이죠, 네? 그럼 이제 이걸 여기에 둘게요."

그녀는 서랍을 열고 그 안에 조각상을 넣은 뒤 다시 서랍을 닫았다.

"됐어요. 이건 여전히 있고, 사라지진 않았어요, 그렇죠?"

"있지요. 그건 알겠어요. 그런데 무슨 이야기를 하려는 겁니까?"

"하지만 이제 서장님은 그걸 못 보잖아요, 네? 만져볼 수도 없고, 얼마나 매끄러운지도 느낄 수도 없죠? 있기는 하지만 없는 것과 같죠. 만약 당신이 한 달 동안 그걸 안 본다면, 그게 어떤 모양이었는지도 완전히 잊게 될 거예요. 거기에 숨겨졌다는 사실조차 잊어버릴 수 있어요. 저도 잊을 거고요."

프랭크는 진지하게 물었다.

"그래서 무슨 이야기를 하고 싶은 거예요?"

"제가 말하고 싶은 것은, 어떤 이를 사랑한다는 게 무슨 의미가 있냐는 거예요, 그 감정을 너무 깊이 숨겨서 본인조차 잊어버린다면?"

경찰서장은 피곤한 듯 고개를 저었다.

"알겠어요. 그럼 문 잠그고 기다려요. 아침에 오겠습니다."

"잠깐만요." 마야가 한숨을 쉬고는 잠시 말이 없다가 이야기를 계속 했다. "저는 분명히 전에 여기 왔어요. 하지만 그 부서진 막대사탕 말고는 아무것도 기억이 안 나요. 마녀 소녀에 대한 그 이야기. 그게 정말 저에 대한 건가요? 서장님은 뭔가 아는 게 있나요? 이야기해 주실 수 있어요?"

프랭크는 턱을 힘주어 문질렀다. 하아, 질문이 많군…….

"이렇게 말할게요. 그건 전부 터무니없는 소리예요, 바보 같이 지어낸 이야기일 뿐입니다. 그래요, 아가씨가 여기 있었던 건 사실입니다. 하지만 그건 모두 과거의 일이어요. 다 끝난 일이죠. 그리고 아가씬 아무것도 기억 못 한다면, 그것이 오히려 더 나아요."

"서장님은 정말 우리 아빠랑 똑같네요," 마야가 슬프게 말했다. "항상 그런 식이죠. 말을 안 해요. 근데 전 알고 싶단 말이에요. 이해되세요? 자기 삶의 일부분을 모르고 어떻게 살아요?"

"예전에도 살았으니 앞으로도 문제 없을 거예요!" 프랭크가 다소 거칠게 말했다. "아가씨 아버지가 말해주고 싶어 하지 않았다면, 내가 말할 필요가 있을까요? 그분이 더 잘 알겠지요. 그리고 말입니다. 내가 아가씨라면 그분에 대해 나쁜 말은 하지 않을 겁니다, 그는 그런 말을 들을 분이 아니에요. 잘 자요."

프랭크는 방을 나가며 마지막으로 조용히 다시 말했다.

"문 잠그세요!"

34장

　마야는 침대에 누워 눈을 감았다. 화려한 색상의 큼지막한 막대사탕이 자갈길 위로 떨어지며 마치 슬로 모션처럼 산산조각이 났다. 여러 소리가 들렸다. 그 가운데에는 웃음소리가 있었다. 그것은 위협적인 거대한 파도처럼 그녀를 향해 밀려왔다.

　소녀는 거리를 걷고 있었다. 그곳은 평범한 거리가 아니었다. 발 밑에는 아스팔트나 보도블록이 아니라, 커다란 둥근 돌들이 촘촘히 맞물려 깔려 있었다. 여기서 차들은 어떻게 다니지? 그런데 여기엔 아예 자동차가 없었다. 자동차도, 자전거도, 스케이트보드도 없었다. 이상한 옷차림의 사람들뿐이었다. 높이 올린 머리에 풍성한 긴 치마를 입고, 꽃장식이 달린 화려한 모자를 쓴 여자들. 이상한 재킷과 폭이 좁은 바지를 입은 남자들.
　그때 진짜 말이 끄는 마차가 지나갔다. 살아 있는 진짜 말이었다. 소녀는 공원에서 그런 말을 본 적이 있었고, 멋진 회색 조랑말을 타보기도 했다.

얼마나 흥미로운 꿈인가! 소녀는 자기 모습을 살펴보았다. 그녀는 긴 드레스를 입었고, 드레스 안에는 (살짝 들여다보니) 속치마를 입고 있었다. 발에는 끈으로 묶는 목이 긴 부츠를 신고 있었다. 마치 진짜 숙녀처럼……. 그녀는 신이 났다.

소녀는 거리를 걸으며 진열창을 구경했다. 아침이라 상점들이 문을 열고 있었고, 상인들은 서로 이야기를 나누고 있었다. 그녀는 궁금했다. 무엇을 하고 또 어디로 가야 할까? 어른들은 어디에 있을까? 그래, 이건 꿈이지. 소녀는 스스로에게 상기시켰다. 뭐든 원하는 것을 하고, 그런 다음에 깨어나는 거야. 멋지다! 왜 전에는 이런 꿈을 꾼 적이 없었을까?

그녀는 꽃가게 앞에 멈춰 섰다. 묘하게 생긴 보닛을 쓴 동그란 얼굴의 소녀가 꽃다발을 만들고 있었다. 그녀는 귀여운 소녀를 다정하게 바라보더니, 꽃바구니에 꽃기엔 너무 짧은 작은 장미 한 송이를 건넸다.

소녀는 꽃향기를 맡았다. 마치 현실처럼 생생했다……. 구경하는 모든 것이 너무나 흥미로웠다.

그녀는 과자점으로 다가가 감탄하며 멈춰 섰다. 진열창에는 온갖 종류의 사탕이 예쁘게 진열되어 있었다. 알록달록한 거대한 막대사탕들이 보석처럼 반짝였다. 소녀는 진열창 앞에 마치 마법에 걸린 듯 서 있었다. 드레스 주머니를 더듬어 보니 동전 하나가 손에 잡혔다. 크고 무거웠다. 아마도 금화인 듯했다. 저런 막대사탕 하나쯤 사기에는 충분할 것 같았다.

그녀는 과자점으로 다가가 감탄하며 멈춰 섰다. 진열창에는 온갖 종류의 사탕이 예쁘게 진열되어 있었다. 알록달록한 거대한 막대사탕들이 보석처럼 반짝였다. 소녀는 진열창 앞에 마치 마법에 걸린 듯 서 있었다.

소녀는 과자점 안으로 들어섰다. 피곤한 얼굴에 머리를 작게 틀어 올린 야윈 여자가 상자들을 정리하고 있었다. 소녀는 조심스럽게 물었다.

"저 큰 사탕은 얼마예요?"

"3그로셴." 여자는 별로 친절하지 않은 목소리로 대답했다. 그녀는 아이를 쳐다보지도 않고 계속 일을 했다. 그러다가 고개를 들며 말했다.

"너 돈은 있니?"

"네, 있어요."

여자는 살짝 열린 문 너머로 소리쳤다.

"마리우스! 어디서 빈둥거리고 있니? 와서 좀 도와줘."

몇 초 뒤, 뒷문을 통해 열두세 살쯤 되어 보이는 덩치 큰 소년이 들어왔다. 여자는 상자 더미를 들더니, 어깨로 문을 위태롭게 지탱하고 밖으로 나가면서 던지듯 말했다.

"얘한테 막대사탕 하나 팔아라. 돈은 있대."

소년은 어린 손님을 유심히 바라보았다. 그는 소녀에게 아주 미남으로 보였다. 검은 머리칼에 긴 속눈썹이 달린 크고 검은 눈을 가진 소년이었다. 하지만 어쩐지 불쾌하고 무례한 방식으로 눈을 가늘게 뜨고 있었다.

"그래서, 너 돈은 있니?" 소년은 그 뒤편에 여자가 서 있는 문 쪽을 힐끗 돌아보았다.

"네, 여기요." 소녀가 그에게 동전을 내밀었다.

"오, 훌륭해. 그러니까 사탕을 사고 싶은 거구나. 어떤 걸로?"

"이거요." 그녀는 반짝이는 막대사탕을 가리켰다.

"그래, 받아. 이건 네 거야." 그는 막대 사탕이 잔뜩 쌓여 있는 유리병에서 막대 사탕을 하나 꺼내서 지루하다는 듯한 표정으로 아이에게 건네주었다.

"고마워요." 소녀는 서서 그를 바라보았다.

"그럼, 안녕." 그는 등을 돌렸다.

"거스름돈은요?" 소녀는 3그로셴이 정확히 얼마인지는 몰랐지만, 그것이 금화일리는 없었다, 그렇지 않은가? 금화라면 3그로셴은 아닐테고, 더 많은 돈 아닌가? 그녀는 왜인지 거스름돈이 있어야 한다는 걸 알고 있었다.

"무슨 거스름돈?" 소년은 다시 눈을 가늘게 떴다. "집에 가. 사탕 샀으니 됐잖아."

"커다란 금화를 냈잖아요! 진짜로 거스름돈 없어요?"

그때 다시 문이 열리더니 여자가 짜증스러운 얼굴로 들어왔다.

"마리우스, 무슨 일이야? 내가 바쁘다고 했을 텐데. 왜 아직도 이 아이를 응대하지 않았어?"

"했어요. 그런데 얘가 뭘 요구하고 있어서요."

여자는 소녀 쪽으로 돌아섰다.

"너한테 막대사탕 줬잖아, 그렇지? 뭘 더 원하는 거야?" 그녀는 눈썹을 찌푸리고, 입술은 화가 난 듯 굳게 다물고 있었다.

소녀는 조용히 대답했다.

"사탕이 3그로셴이라고 했는데, 저는 커다란 금화를 냈어요. 거스름돈을 주어야 하지 않나요?"

"금화라니, 무슨 소리야?" 이제 여자는 심각한 눈빛으로 소년을 뚫어져라 바라보았다.

"무슨 금화? 얘는 3그로셴을 냈다고요. 전부 거짓말이어요." 그는 주머니에서 오래되어 광택을 잃은 동전 몇 개를 탁자 위에 쏟아 놓았다. "이게 전부예요. 왜 얘 말을 듣고 그래요? 얘가 무슨 금화를 가지고 있다고요?"

"이거 봐……." 여자는 소녀를 성난 눈으로 바라보았다. "네 허튼소리는 다른 사람들에게나 지껄여. 자, 썩 꺼져버려." 그녀는 소녀의 손을 잡고 꽤 거칠게 출구 쪽으로 끌고 갔다.

"왜 안 믿는 거예요?" 소녀는 이해할 수 없었다.

"휴, 내 인내심도 바닥났구나. 마리우스! 난 시간 없으니, 네가 알아서 처리하렴."

소년은 마치 그 말을 기다렸다는 듯 재빨리 카운터 뒤에서 튀어나와 소녀의 등을 밀면서 그녀를 가게 밖으로 내쫓았다. 그리고 자신도 그 뒤를 따라 밖으로 나왔다. 그는 주위를 둘러보더니 큰 소리로 휘파람을 불었다.

오른쪽 어딘가에서 비슷한 또래의 사내아이 셋이 더 나타났다.

"뭐야, 족제비. 손님을 쫓아내는 거야?" 더러운 흰 셔츠를 입은 금발의 키 큰 소년이 쓴웃음을 지으며 내뱉듯 말했다.

족제비 마리우스가 대답했다.

"어. 아 글쎄, 이 부잣집 공주님이 우리 엄마랑 내가 사기를 쳤다고 우기잖아. 자기는 돈이 산더미처럼 많고 금화도 있다는데."

알아들을 수 없는 말들을 주고받으며 소년들은 슬며시 그녀를 에워쌌다. 소녀가 앞으로 한 걸음 나아가려 했지만, 그 중의 한 명이 갑자기 괴성을 지르며 그녀의 얼굴 앞에서 손뼉을 쳤다. 그녀는 놀라 뒷걸음질 치며 사탕을 떨어뜨렸다. 사탕은 가벼운 굉음과 함께 도로의 자갈 위에서 부서지며 무지갯빛 조각이 되어 사방으로 흩어졌다.

그녀는 무서웠다. 왜 이 꿈은 끝나지 않는 걸까? 그녀는 눈을 꼭 감고 소리쳤다.

"놓아 줘요! 깨어나고 싶어요! 집에 가고 싶어요! 당신들 벌받을 거예요! 반드시 벌받을 거예요!"

갑자기 주위가 조용해졌다. 소녀는 눈을 떴다. 그녀 앞에는 검은 모자를 쓴 키 큰 남자가 서 있었다.

"무슨 일이니?"

소년들이 서로 앞을 다투어 소리치기 시작했다. 남자는 손짓으로 그들을 멈추게 하고 그녀 앞에 쪼그리고 앉았다.

"이름이 뭐니, 꼬마야?"

"기억이 안 나요."

눈물이 소녀의 뺨을 타고 흘러내렸다.

"그런 일이 있기도 하단다. 어디서 왔니? 부모님은 누구시지?"

"몰라요. 이건 꿈이에요. 깨어나고 싶어요."

"알겠다."

그는 일어나서 소년들을 둘러본 후, 날카롭게 휘파람을 불었다.

"여기서 꺼져, 당장!"

"나랑 같이 가자. 내가 도와줄게." 그는 소녀에게는 전혀 다른,

다정한 목소리로 말했다. 그의 눈은 깊은 파란색이었다.

"안 돼요!" 소녀는 흐느끼며 뒷걸음질 쳤다. "낯선 사람을 따라가면 안 돼요."

"아, 그렇구나. 네 말이 맞아. 그렇다면 내가 너를 우리 엄마 집으로 초대하면 어때? 여기서 멀지 않아. 엄마한테 인사도 드리고. 가자, 엄마가 파이를 굽고 계신데, 정말 맛있을 거야. 나는 네가 우리 엄마랑 차를 마시는 동안 네 부모님을 찾아볼게."

그에게는 엄마가 있다. 그렇다면 나쁜 일은 없을 거야. 그는 정말 친절해. 그리고 저 사내아이들을 쫓아냈어. 소녀는 다시 훌쩍이며 고개를 끄덕였다. 남자는 집들 사이로 오른쪽으로 이어지는 골목길을 가리켰고, 아이는 순순히 앞으로 나아갔다.

하얗게 칠한 판자로 만든 울타리 너머로 정원이 훤히 보였다. 챙 넓은 모자를 쓴 할머니가 노래를 흥얼거리며 나무에서 빨간 사과를 따고 있었다.

이 꿈은 보통의 삶과 너무나도 흡사했다. 그 안에는 모든 것이 있었다. 맛도, 냄새도. 차가 담긴 잔에서는 향긋한 김이 피어올랐고, 작은 사과파이는 혀에 은은한 계피의 여운을 남겼다.

너무 졸린데……. 꿈속에서 잠들 수 있을까? 어쩌면 가능할지도…….

소녀는 갑자기 깨어났다. 주변은 어두웠고, 닫힌 문 아래로 가느다란 빛줄기만이 비치고 있었다. 아이는 재빨리 침대에 앉아 자기 몸을 만져 보았다. 그녀는 옷을 입고 있었다. 누비질한 듯한 얇은 담요를 걷어내고 일어나, 희미하게 목소리가 들려오는 문 쪽으로 다가갔다. 발에는 스타킹만 신고 있어서 발소리는 들리지 않았다. 그녀는 너무 무서웠다. 이 꿈은 왜 끝나지 않는 걸까?

소녀는 문을 밀어 열려고 했지만, 갑자기 큰 소리로 말하는 남자의 목소리가 들렸다. "아이라고 해서 뭐가 달라? 내가 모두에게 물어봤어. 이 소녀는 여기 사람이 아니야. 도시 외곽에서 봤다는데, 혼자서 길을 걷고 있었다고 했어. 내가 맹세하는데 이 아이는 저쪽에서 왔어. 이건 인간이 아니라는 거야. 표식이 나타날 때까지 기다리기만 하면, 직접 알게 될 거야. 그때가 되면 단호하게 행동해야 해. 어떤 모습을 하고 있는지는 중요하지 않아! 저 아이는 없애 버려야 해."

다른 남자가 대답했다. "그래, 루이스, 네 말이 맞다면 슬픈 일이야. 겉보기에는 순수한 천사 같은데, 알 수 없는 일이군……."

그리고 곧 할머니의 목소리가 들렸다. "루이스야, 오늘 프랭크가 온다고 했단다. 너 형을 잘 알잖아."

남자가 말했다. "프랭크 형이 뭐라고. 우리 일에 끼어들기만 해봐! 내가 말했지, 이 도시에 그런 요괴는 절대 들어올 수 없다고, 그러니 저 아이도 안돼!"

소녀는 몸이 떨리는 것을 느꼈다. 그때, 조심스럽게 무언가를 두드리는 소리가 들렸다. 누군가가 조용히 불렀다.

"마야……, 마야, 창문 쪽으로 와."

그녀는 자기 이름을 기억하지 못했지만, 숨을 죽이며 살그머니 다가가 창문의 덧문을 조심스럽게 만져보았다. 덧문은 굳게 닫혀 있었다.

목소리가 물었다.

"너 거기 있니?"

"네."

"여긴 나쁜 사람들이 있어. 조용히 도망쳐야 해. 내가 지금 덧문을 열게. 덧문이 삐걱거릴 수도 있어. 그러니까 모든 걸 재빨리 해야 해. 알겠어?"

"네."

"신발은 신었니?"

"아니요."

"신발을 신어. 단, 아주 조용히 해야 해. 준비됐니?"

"네."

"창문으로 와. 지금 덧문을 열게. 네가 창턱에 올라가서 뛰어내리면 내가 널 받을 게. 내가 널 단단히 잡아 줄 테니까 무서워하지 마. 우리는 집으로 갈 거야."

"집으로요?"

"그래. 내 목소리 못 알아보겠니? 아빠란다, 아가야."

소녀는 아빠를 기억하지 못했다. 하지만 그녀는 그를 믿었다. 말라서 갈라진 낡은 덧문이 활짝 열리며 크게 삐걱거렸다. 그녀는 창밖을 내다보았다. 아래에는 한 남자가 서 있었고, 달빛에 그의 머리카락이 붉은빛으로 반짝거렸다.

"자, 빨리!"

그녀는 창턱으로 기어 올라갔다. 눈을 꼭 감고 그의 내민 팔로 뛰어내렸다. 남자는 그녀를 꼭 안고, 감은 눈에 빠르게 입을 맞췄다.

"빨리 가자! 쉿!"

그는 딸의 손을 잡고 그림자 속에 몸을 숨기려 애쓰며 정원 길을 따라 달렸다. 소녀는 뒤처지지 않으려 애썼다. 그녀는 숨 가쁜 질주와 공포감에 숨이 막힐 것 같았다. 뒤에서 현관문이 활짝 열리더니, 랜턴의 빛이 도망치는 이들을 비추었다. 외침 소리가 들렸다.

"아이가 도망친다! 빨리! 마녀를 잡아!"

소녀가 비명을 지르자, 자신을 아빠라고 부른 남자가 그녀를 번쩍 안아 들었다. 그는 울타리의 작은 문을 향해 내달리기 시작했고, 뒤에서는 여러 사람이 동시에 큰 소리로 고함을 쳤다. 아이를 안은 채 그는 문을 힘껏 잡아당겼다. 누군가 그의 웃옷을 붙잡았고, 그는 몸을 빼내려 애썼다. 공포에 질린 소녀는 눈을 감았다. 누군가가 그녀마저 붙잡아 남자에게서 떼어내려 했다. 그녀는 있는 힘껏 소리 지르며 그의 옷에 매달렸다. 사람들이 남자를 땅에 쓰러트리고 그에게로 달려들었다. 누군가 소녀를 다른 쪽으로 끌고 갔다.

그 순간 총성이 울렸다. 모든 것이 영화에서처럼 일순간에 멈췄다. 누군가 크게 소리쳤다.

"여기서 무슨 짓들이야?"

소녀를 붙잡고 있던 사람이 그녀의 입을 막고 숨을 고르며 말했다.

"별거 아니야, 프랭크 형. 우리끼리 일이 좀 있어서. 좀 안 좋은 때 왔네. 집에 가. 내일 얘기하자."

권총을 든 남자가 대답했다.

"너 완전히 미쳤구나, 루! 얘는 아이잖아! 무슨 짓을 꾸미고 있는 거야?"

자신을 아빠라고 부른 남자는 땅에 쓰러져 있었고, 두 사람이 그가 머리를 들지 못하도록 누르고 있었다. 소녀는 작은 동물처럼 애처롭게 울기 시작했고, 두 뺨 위로 눈물이 줄줄 흘렀다.

"그 사람 놔줘. 놓아주라고! 안 놓으면 쏜다! 손 들어!"

사람들이 남자를 놓아주자, 그는 천천히 일어났다. 그의 얼굴은 피투성이였고, 코에서는 피가 흐르고 있었다.

권총을 든 남자가 물었다.

"얘가 네 아이야?"

그는 쉰 목소리로 대답했다.

"네. 제 딸입니다. 여섯 살이에요."

그러자 남자는 소녀에게 물었다.

"너 이 사람 아니?"

자신을 아빠라고 한 남자가 희망 어린 눈으로 그녀를 바라보았다.

"아빠예요."

그녀는 고개를 끄덕이며 조용히 말했다.

권총을 든 남자는 깊이 숨을 들이쉰 후, 손을 들고 서 있는 나머지 사람들에게서 눈을 떼지 않은 채 말했다.

"아이를 데리고 가. 밖에 경찰 마차가 있어. 프랭크가 데려다 주라고 했다고 말해. 빨리 가, 얼른!"

파란 눈의 남자가 속삭였다.

"후회하게 될 거야, 형! 내 길을 가로막다니."

"다들 집으로 돌아가, 빨리!" 프랭크가 맞받아 호통을 쳤다.

35장

마야는 문 두드리는 소리에 잠에서 깼다.

"일어나요! 들리나요? 일어나세요, 갈 시간입니다." 문밖에서 경찰서장이 조용히 불렀다.

마야는 일어나 앉아서 곧바로 자기 왼팔을 바라보았다. 바로 이거로구나. 희미하지만 꽤 넓은 검은 줄이 팔꿈치보다 조금 위에 가로로 나타나 있었다. 우스웠다. 작년에 그녀는 문신을 할까 했는데, 아버지는 그 말을 듣자 불같이 화를 냈다. 그랬는데 이제는 이런 게 팔에 저절로 생기다니.

그녀는 침대에서 일어나 창밖을 내다보았다. 이제 막 동이 트고 있었다. 예쁘게 정돈했던 머리는 완전히 헝클어져 있었다. 어제는 스카프를 쓸 정신이 없었다. 마야는 머리를 풀었다. 드디어, 온갖 실 핀이나 장식 핀이 없으니 얼마나 행복한지. 아마 여기서는 이러고 다니는 것이 예의에 어긋날 것이다. 하지만 어차피 그녀는 곧 떠날 텐데 무슨 상관인가! 머리칼이 물결치듯 어깨까지 흘러내려 날개뼈를 덮었다. 그녀는 거울을 보았다. 예쁘네. 아주 예뻐⋯⋯. 집에 가면 새로운 헤어스타일로 고려해 봐도 괜찮을 것 같았다.

슐은 홀에서 그녀를 기다리고 있었다. 그는 안색이 아주 좋지 않았다. 밤새 잠을 못 잔 것 같았다. 얼굴은 잿빛이고 눈 밑은 축 처져 있었으며, 뺨에는 밤사이 수염이 자라나 있었다.

"준비됐나요?"

"네."

그들은 출구를 향해 걸었다. 그때 현관문이 갑자기 활짝 열렸다. 검은색 수염을 기른 키 큰 젊은 남자가 들어왔다. 저항하는 여자를 억지로 끌고 오고 있었기 때문에, '들어왔다'는 표현이 아주 정확한 것은 아니었다. 여자는 키가 크고 통통했다. 둘 다 말없이 숨을 헐떡이고 있었는데, 그 모습은 마치 줄다리기를 하는 것처럼 보였다.

프랭크는 놀라서 물었다.

"마이어 씨?"

남자는 여자를 홀 안으로 끌고 들어온 후 등 뒤로 문을 닫았다. 그리고 나서야 그는 숨을 헐떡이며, 경찰서장을 향해 몸을 돌려 그와 마야에게 인사하며 대답했다.

"네 맞습니다. 서장님께서 여기 계시다니 정말 잘 됐군요. 사람을 보내서 모셔오려던 참이었는데 말이죠. 하지만 이렇게 된 게 오히려 더 좋죠. 보니 경찰이 이곳에서 근무중이었네요."

그가 끌고 온 여자는 눈을 치켜뜨고 노려보며 서 있었다. 프랭크는 눈을 가늘게 뜨고 물었다.

"하녀로군요, 맞죠? 내가 틀리지 않았다면, 에이미 웨인?"

여자는 화난 목소리로 대답했다.

"맞아요. 나를 무슨 범죄자 취급하면서 여기로 끌고 왔어요. 내가 뭘 어쨌다고요? 나는 있었던 대로 전부 말했을 뿐이에요. 나를 여기까지 끌고 올 필요가 있었을까요? 그냥 거기서 해결할 수 있었잖아요!"

마크 마이어는 이마의 땀을 닦으며 대답했다.

"자, 이제 다들 보는 앞에서 당신이 무슨 짓을 했는지 말해요. 아내도 이 이야기를 들어야 하니 깨우러 가겠습니다."

마야가 참지 못하고 소리쳤다.

"잠깐만요! 당신은 대체 어디에 계셨던 거예요? 당신 부인이 어제 거의 죽을 뻔한 거 모르세요? 수면제를 한 움큼 삼켰다고요!"

남자는 계단으로 향하던 발걸음을 멈췄다. 그의 얼굴색이 변했다.

"뭐라고요? 어떻게 그런 일이?"

"글쎄요, 아이가 납치당했을 때, 그녀를 혼자 내버려 두지 말았어야 했던 건 아닐까요? 그녀가 얼마나 힘들지 생각 안 해보셨어요?" 마야는 몹시 화가 났다.

마크는 얼굴이 창백해졌다. 그는 당혹스러워 하며 조용히 말을 했다.

"이해할 수 없군요. 난 그녀를 버려두지 않았어요. 그녀에게 모든 걸 설명하는 편지를 남겼거든요. 나는 아내가 해고한 이 여자가 일부러 그런 짓을 했다는 걸 알았어요. 즉, 우리 아들의 실종과 이 여자가 관련이 있다는 거죠. 나는 이 여자를 찾고 싶었어요. 나는 편지에 모든 걸 썼어요. 그녀를 얼마나 사랑하는지 쓰고, 나를 믿어달라고 부탁했어요. 아이를 반드시 찾겠다고 약속도 했고요."

마야가 어깨를 으쓱하며 말했다.

"당신 편지에 대해선 잘 모르겠지만, 그녀가 그걸 읽은 것 같진 않던데요. 불안하고 외로워했어요, 말로 표현할 수 없을 정도로요."

프랭크가 말을 덧붙였다.

"가능하면 무슨 일인지 간략하게 이야기해 주시죠. 제 조수를 집에 데려다 줘야 해서 시간이 없습니다. 거실로 가는 것이 좋겠군요."

마야가 그의 소매를 살짝 건드리며 말했다.

"조금만 더 머물러요. 한 시간 정도는 괜찮지 않을까요?"

프랭크는 확신할 수 없었다. 그는 솔직하게 대답했다.

"모르겠어요. 서둘러야 합니다."

마크 마이어가 자신의 수염을 문지르며 말했다.

"알겠습니다. 아주 간략하게 말씀드리죠. 아이가 실종된 다음 날 아침, 저는 서재로 내려갔습니다. 저는 매일 아침 그곳에서 차를 마시는데, 하인이 차를 가져다 주지요. 그런데 그날 아침엔 차를 마시지 않겠다고 안톤에게 말했습니다. 조용히 무슨 일이 일어난 건지 생각하고 싶었죠. 겨우 의자에 앉았을 때,

거실 문이 열렸습니다. 저 여자가 들어왔어요." 그는 불쾌한 얼굴을 하고 있는 에이미를 가리키며 말했다. "반드시 필요한 일이라며, 저와 이야기를 나눌 수 있게 해달라고 부탁했습니다. 저는 그녀가 뭔가 중요한 걸 알고 있는 줄 알았습니다. 하지만 이야기를 나누는 대신, 이 여자는 모든 일이 이렇게 된 것이 유감이라고 중얼거리기 시작했어요. 그러더니 갑자기 울기 시작했습니다. 저는 그녀가 무엇을 아는지 알고 싶었어요. 다가가서 손수건을 건넸죠. 그러자 그녀가 갑자기 제게 달려들어 목에 매달려서는 껴안기 시작했습니다. 그리고 바로 그때, 제 아내가 들어왔습니다."

마크는 깊은 한숨을 쉬었다.

"우리 사이에 어떤 사건이 있었는지는 말하지 않겠습니다. 아만다는 항상 매우 신중하고 감정을 절제하는 사람이거든요. 그녀는…… 아무튼, 그녀가 겪어야 했던 일 때문에 저는 너무나 괴롭습니다. 그녀는 아무 말도 들으려 하지 않았어요. 하녀에게 나가라고 명령했고, 저에게는 저를 죽은 사람으로 여기겠다고 말했어요. 하녀가 떠나고 나서야 겨우 정신을 차릴 수 있었고, 문득 이 모든 것이 어딘가 이상하다는 것을 깨달았습니다. 하녀는 이전에는 항상 예의 바르게 행동했거든요. 솔직히, 저는 그녀의 이름조차 기억하지 못했어요. 그녀를 찾아야겠다고 결심했고, 서둘러야 했어요. 아만다에게 편지를 남겼습니다. 덧붙여 말하자면, 그녀에게 이 사건을 경찰에 알리라고 부탁했어요. 자세히 말하자면 길지만, 저는 그녀를 찾았습니다.

우체국에서 그녀를 기억하고 있었는데. 부모님께 편지를 보내면서 우체국 직원에게 흥미로운 이야기를 많이 했더군요."

그 순간 에이미가 무언가 말하려는 듯 안절부절못하고 있었다. 프랭크는 한숨을 쉬며 그녀에게 말했다.

"말씀해보세요."

에이미는 턱을 높이 치켜들고 큰 소리로 말했다.

"저기요, 남자가 여자에게 관심을 표시한다면, 그 감정에 답하는 것이 죄는 아니잖아요!"

마크 마이어가 벌떡 일어섰지만, 슐은 손짓으로 그를 제지했다.

"어떤 관심의 표시요? 있었던 일을 순서대로 말해 봐요!"

아가씨는 입술을 삐죽거리며 말했다.

"저는 눈치채지 못했던 것 같은데, 그래서 다른 사람이 전부 설명해 줬어요! 아무튼, 제가 복도를 걸어가고 있었는데, 리지가 문밖으로 얼굴을 내밀더니 '에이미, 잠깐 내 방으로 들어와 봐'라고 말했어요. 그래서 들어갔죠."

"그게 언제였나요?"

"아, 바로 손님들이 도착했을 때예요. 아기가 사라진 바로 그날 저녁이요. 리지가 저에게 말했어요. '에이미, 물어볼 게 있는데, 왜 마이어 씨에게 관심을 안 보이는 거야? 그 사람은 너를 정말 좋아하는데! 다들 진작부터 눈치챘는 걸! 너만 모르는 거야!' 제가 '뭐라고요?'라고 했더니, 리지가 '네가 방에 들어서기만 하면, 그는 너에게서 눈을 떼지 못하잖아!'라고 하더라고요! 저는 정말 놀랐지만, '옆에서 보는 게 더 정확하겠지' 하고 생각했어요. 그러자 리지가 또 그러는 거예요. '그 사람은 자기 아내를 사랑하지 않아. 모두가 다 아는 사실이야. 내 생각엔, 그 사람이 널 좋아하는 것 같아. 두 사람은 잘 어울리는 한 쌍이 될 거야.'"

"그래서, 당신은 그런 것을 전혀 눈치채지 못했다는 건가요?"

"제가요? 음, 솔직히 말하면, 그분을 그런 눈으로 본 적이 없어요. 제가 부자와 결혼하고 싶어 하는 건 맞아요. 하지만 독신이어야겠죠. 그런데 리지가 그렇게 말하니 저도 생각해보게 됐어요. 자세히 보니까, 괜찮은 남자더라고요."

마크 마이어는 깊은 한숨을 쉬고 얼굴을 손으로 가렸다.

프랭크는 계속해서 물었다.

"그런데 왜 하필 그날 아침에 그런 일을 한 건가요?"

"리지가 저에게 그렇게 하라고 했어요. 저녁에 직접 저에게 와서 말하더라고요. 마이어 씨 부부는 아이 하나 말고는 공통점이 없다고. 그런데 이제 아이가 사라졌으니, 바로 지금이 당신이 '무대에 등장할' 때라고요. 그녀가 그렇게 말했어요, '무대에 등장'이라고요. 그 사람을 위로해 주라고, 남자들은 그런 걸 고마워한다고 했어요. 그러고 나서 모든 일이 어떻게 돌아가는지 직접 보라고요. 그런데 그렇게 일이 돌아간 거죠. 저는 마이어 부인이 내려올 줄은 정말 몰랐어요. 순식간에 저를 쫓아냈죠. 그런데 저 사람은 심지어 저를 변호해 주지도 않았어요!"

처녀는 원통하다는 듯 마크를 흘끗 쳐다보았다.

"찾아와서 망신이나 주고! 좋은 곳에 취직해서 옆 도시에서 조용하고 평화롭게 지내고 있었는데. 아이참!"

마이어는 그저 말없이 고개를 저을 뿐이었다.

경찰서장은 생각에 잠겨 고개를 끄덕였다.

"제 생각에는 리지가 우리에게 필요한 인물 같군요. 마이어 씨, 벨을 눌러 주시겠습니까?"

복도에서 바스락거리는 소리가 들렸다. 마크는 재빨리 문 쪽으로 가서 문을 활짝 열었지만, 아무도 없었다.

그때, 마당에서 비명 소리가 울려 퍼졌다.

"놔요! 나에게 손대지 마세요! 손대지 마요!"

문 앞에 있던 경찰관은 들고양이처럼 몸부림치는 리지를 붙잡으려고 애쓰고 있었다. 그가 가까스로 수갑을 채우자, 그녀는 절망에 찬 목소리로 부르짖기 시작했다.

"니나!"

36장

아만다는 눈을 떴다. 보통 그녀는 잠에서 깨어나면 모든 시름을 잊은 천국 같은 순간을 맞이했지만, 지금은 현실이 무시무시한 힘으로 순식간에 그녀를 덮쳤다. 실패했어……. 나는 살아 있어……. 그녀는 신음하며 베개에 머리를 기댔다.

가벼운 딸깍 소리와 함께 침실 문이 열렸다. 여자는 눈을 더 꼭 감았다. 한 줄기 빛조차 들어오지 않도록! 누군가가 침대 가장자리에 앉았다. 가버려! 내가 여기 없다고 생각해줘!

이상하게 익숙한 소리가 그녀를 움찔하게 했다. 그녀는 항상 아기가 자기만의 언어로 말하는 것 같다고 느꼈다. 그것은 인간의 말과 비둘기 울음소리의 중간쯤 되는 무언가였……. 아만다는 눈을 뜨고 싶지 않았다. 이 환상이 다시 한번 반복되기를. 누구라도 상관없으니 한 번만 더 그렇게 해 줘! 어쩌면 나는 역시 천국에 있는 걸까?

그녀는 남자의 속삭임을 들었.

"엄마, 일어나요……."

아만다의 심장이 미친 듯이 뛰었다. 눈이 저절로 크게 떠졌다. 그녀는 숨이 막혔고, 아무 말도 할 수 없었다. 남편은 무릎에 아들을 안고 침대 가장자리에 앉아 있었다…….

그들은 거실에 앉아 있었다. 아만다 마이어는 주위를 둘러보았다. 설마 이게 꿈은 아니겠지? 마크는 다정하게 그녀의 손을 잡고 있었다. 그녀는 아이를 더욱 세게 끌어안았다. 아이가 태어났을 때와 비슷한 느낌이었다. 그때도 아만다는 이것이 꿈이 아니라는 것을 도저히 믿을 수 없어서, 자꾸만 배를 만져보고 요람을 들여다보았다. 눈에 눈물이 고여 잘 보이지 않았다.

"정말이에요, 마크? 아이를 찾았어요? 내가 꿈을 꾸는 건 아니죠?"

그는 대답 대신 그녀의 이마에 입을 맞췄다. 모두가 보는 앞에서.

아만다는 떨면서 심호흡을 한 후 물었다.

"전부 다 말해 줘요. 나는 아무것도 모르겠어요. 이게 어떻게 된 일이에요?"

프랭크는 고개를 끄덕였다. 그는 초조했다. 마야를 급히 집으로 보내야 했지만, 이 고집 센 아가씨는 모든 일이 끝날 때까지 떠나려 하지 않았다. 이제 서둘러 모든 것을 설명하고 늦기 전에 그녀를 데리고 가야 했다.

"이미 알고 계시겠지만, 당신의 아버지인 드 빌 씨는 어머니를 만나기 전에 결혼한 적이 있습니다. 최근에 관할서에서 문의에 대한 답변이 왔어요. 릴리아나 루스와의 결혼은 법적

그들은 거실에 있었다. 아만다 마이어는 주위를 둘러보았다. 설마 이게 꿈은 아니겠지? 마크는 다정하게 그녀의 손을 잡고 있었다. 그녀는 아이를 더욱 세게 끌어안았다.

인 혼인이었지만, 나중에 드 빌 씨 아버지의 요구로 무효 처리되었습니다. 릴리아나 루스에게는 딸이 태어났습니다. 서류에 따르면 그녀의 이름은 아르니나라고 합니다. 그들은 힘들게 살았습니다. 이 도시에서 저 도시로 옮겨 다녔지만, 어디든 소문이 그들을 따라다녔죠. 여자와 아이는 사람들에게 놀림을 받았어요. 아이가 열두 살이 되었을 때, 릴리아나는 제르시 빅이라는 남자와 결혼했습니다. 남자는 아이에게 자신의 성을 주었습니다. 아마 그것이 릴리아나가 결혼을 결심하게 된 이유였을 겁니다. 남편은 술주정뱅이에 손찌검까지 했지만, 2년 만에 세상을 떠났죠.

아르니나 빅은 결혼하여 아르니나 밀트가 되었고, 줄여서 니나라고 불렸습니다. 2년 전에 그녀에게 아들이 태어났습니다. 제 부하 직원이 이 모든 것을 알아내기 위해 꽤나 수고를 했습니다. 엘리자베스, 즉 리지 스타우는 니나의 손아래 시누이입니다. 어느 날 니나는 리지에게 자신의 이야기를 들려주었죠. 누가 그 아이디어를 생각해냈는지는 알 수 없습니다. 니나는 모든 책임을 리지에게 돌리고 있지만, 제 생각에 그건 사실이 아니에요. 어쨌든 그들은 니나 자신이 아니라면 적어도 그녀의 아들이 드 빌 가문의 이름을 물려받고 그들의 재산을 차지할 충분한 권리가 있다고 결론을 내렸습니다. 하지만 그들은 가족들이 새로운 상속자를 인정하지 않을 거라는, 충분히 합당한 우려를 했습니다."

아만다는 어이가 없다는 듯 웃었다.

"네, 맞아요. 엄마라면 그런 일을 용납하지 않으셨을 거예요."

"상황을 파악하고 어떻게 하는 것이 최선일지 알기 위해 니나는 아만다의 하녀로 들어갔습니다. 몇 달 후, 그녀는 아만다가 임신했다는 것을 알게 되었죠. 필립 드 빌은 맏손자에게 모든 재산을 물려주겠다고 약속했는데, 그는 그 손자가 아만다의 아들이라고 생각했던 겁니다. 니나는 자신의 목적을 달성하는 유일한 방법은 아이를 납치하여 드 빌 가문을 협박하는 것이라고 판단했습니다. 모두를 절망에 빠뜨린 후 자신의 권리를 주장하려 한 것입니다. 그녀는 리지를 설득해서 이 집의 유모로 와서 함께 아이를 납치하도록 했습니다. 니나는 사람을 잘 파악하는 인물이라 모든 것을 정확히 예견했어요. 아만다 마이어는 대부분의 여성들처럼 아주 감성적인 사람이었죠. 그런 상황에서는 이성을 잃을 수밖에 없다고 본 것입니다."

아만다는 아들의 정수리에 입 맞추며 쓸쓸하게 미소 지었다.

"하지만 마이어 씨는 이성적인 사람이라서 그를 제거하거나 적어도 혼란스럽게 만들어야만 했습니다. 그래서 그들은 에이미 웨인을 이 일에 끌어들인 것입니다. 에이미에게 마이어 씨가 그녀를 매우 좋아한다고 믿게 했습니다. 아이가 납치된 다음 날 아침, 그녀는 서재에서 그에게 달려들어 목에 매달렸습니다. 그런데 마이어 부인, 왜 하필 그 순간에 남편의 서재에 가신 건가요?"

아만다는 곰곰이 생각하며 고개를 끄덕였다.

"그날 밤 저는 밤새 잠을 못 잤어요. 의사가 준 약을 먹지 않앉거든요. 아침에 니나가 와서 마이어 씨가 서재에 계시는데 저를 내려오라 하셨다고 말했어요."

프랭크는 '흠' 하고 소리를 내었다.

"물론 그렇게 거짓말하는 건 위험한 일이었죠. 하지만 계산은 정확했어요. 아무도 어찌 된 일인지 알아볼 생각을 못 했으니까요. 에이미는 당연히 쫓겨났고, 그래서 그녀도 아무것도 말할 수 없었습니다."

마크 마이어가 말했다.

"이제 납치 사건에 대해 말씀해 주십시오."

"알겠습니다. 왜 나는 그들이 둘일 수도 있다는 생각을 못 했을까요? 니나는 교활해요, 교활하기 짝이 없는 악녀죠. 일은 대략 이렇게 된 것입니다. 리지는 니나에게 차를 가져다 달라고 부탁했어요. 니나는 일부러 그림스 부인에게 서랍장 안의 라벤더에 대해 말했습니다. 모두가 안주인이 그 냄새를 못 견딜 정도로 싫어한다는 것을 알고 있었죠. 그림스 부인은 화를 냈어요. 그녀의 꼼꼼한 성격을 알기에, 그녀가 직접 니나를 안주인의 침실로 데려가 침구에 바람을 쐬어 냄새를 빼도록 할 것이라고 쉽게 짐작할 수 있었어요. 가는 곁에 그들은 차를 가져갔고, 그렇게 니나는 모든 의심에서 벗어났어요. 그들은 이 차로 누가 차에 약을 탔는지 알 수 없도록 모두를 혼란스럽게 만들었습니다! 니나는 서랍장 일을 처리해야 했기 때문에 다른 사람들과 차를 마시러 가지 않았어요. 그러는 동안 리지는 에이미와 이야기를 나누면서 마이어 씨의 연정에 대해서 전했죠.

그 대화를 위층으로 올라왔던 포지 부인이 우연히 들었습니다. 저녁에 리지는 다시 그 이야기를 반복하면서, 에이미에게 다음 날 아침 자신의 감정을 고백하라고 조언했지요."

마크는 어이없다는 듯 고개를 가로저었다.

"정말 대단한 이야기군요······."

"이제부터가 가장 흥미로운 부분이에요. 포지 부부가 떠난 후 하인들은 차를 마시러 갔습니다. 아이를 돌보던 리지, 서랍장 안의 침구를 정리해야 했던 니나, 그리고 손님을 시중들던 하인을 제외하고 모두가요.

니나는 아이 방으로 들어갔고, 리지는 의심을 피하기 위해 수면제를 마셨어요. 의사가 말했듯이 약효는 15~20분 후에 나타납니다. 아이에게도 그보다 조금 전에 소량을 주었지요. 리지는 창문을 통해 새총으로 분수대의 조각상을 쏘기 시작했어요. 이상한 소리를 들은 늙은 문지기가 무슨 일인지 알아보러 갔습니다. 그는 느리게 걷기 때문에 니나에게는 시간이 있었습니다. 그녀는 아이를 안고 정원으로 뛰어나가 미리 준비한 열쇠로 대문을 열고 아이를 밖으로 데리고 갔어요. 조금 떨어진 곳에는 그녀의 어머니가 마차에 앉아 있었습니다. 덧붙여 말하자면, 그 여자는 계속 울면서 딸을 이 계획에서 말리려고 했지만, 딸의 부탁을 거절할 수 없었다고 하더군요. 아시다시피, 자식 이기는 부모는 없죠."

프랭크는 잠시 말을 멈췄다.

"니나는 문이 열린 채로 두었고, 그 뒤를 따라 마리우스 레너드가 그 문을 통해 나갔어요. 아마 그는 그런 뜻밖의 행운에 매우 기뻤을 겁니다. 하지만 니나가 돌아와서 대문의 자물쇠를 잠갔어요. 레너드는 문지기를 기다려야 했습니다. 그는 늙은 문지기에게 소리를 지르며, 문지기가 자리를 비운 사이에 문이 열려 있었다는 사실로 그를 협박했습니다. 레너드는 도둑이 집으로 몰래 들어갈 수도 있었다고 했는데, 이 말은 일리가 있었죠. 문지기는 몹시 불안해했고, 레너드는 그가 공원에서 마부를 찾고 있었다고 증언해 준다면 그의 잘못을 덮어주겠다고 약속했습니다."

경찰서장은 잠시 숨을 돌리고 이마의 땀을 닦았다.

"사실상 이것이 전부입니다. 아기는 니나의 어머니와 함께 도시 외곽의 작은 집에 있었습니다. 그녀가 우리를 그곳으로 데려가야 했지요. 리지, 니나, 그리고 그녀의 어머니는 체포되었습니다. 제 생각에, 드 빌 씨는 자신의 젊은 날의 행동이 어떤 결과를 낳았는지 알아야 할 것 같습니다. 마리우스 레너드는……" 프랭크는 잠시 말을 멈추었다. "보석금을 내고 풀려났습니다."

마크 마이어는 얼굴을 찌푸렸다.

"죄송합니다만, 레너드에 대해서는 이해가 잘 안 됩니다. 그는 왜 이 모든 것을 해야 했을까요? 왜 문밖으로 나갔을까요? 문지기와 거래한 이유는요?"

프랭크는 씁쓸하게 웃었다.

"네, 이건 좀 다른 이야기입니다. 마이어 씨, 혹시 'A.M.'이라는 문자가 새겨지고 상감 세공된 금시계를 아십니까?"

마크는 손목을 만지며 놀란 표정으로 대답했다.

"네, 그것은 제 시계입니다. 정확히는 제 할아버지의 것이었고, 그 다음엔 아버지의 것이었죠. 말하자면 가보라고 할 수 있습니다. 집의 보관함 속에 있는 줄로 알고 있는데요. 그 시계 이야기가 여기서 왜 나오죠?"

"그 불운한 저녁에 그 시계를 차지 않으셨죠, 맞나요? 저도 그럴 거라 생각했습니다. 레너드 씨는 아주 지독한 도박꾼이에요. 아내가 그의 지출을 엄격하게 통제하고 있어서, 그는 몰래 카드 도박을 합니다. 얼마 전 그는 아주 위험한 인물에게 금화 2천 개를 잃었어요. 그는 지금은 자유의 몸이지만, 오래가지 못할 겁니다. 마리우스 레너드에게는 그날 밤까지 기한이 주어졌어요. 만약 돈을 갚지 못하면 목숨을 내놓아야 할 수도 있었지요. 그는 당신의 금시계를 빚 대신 넘기기 위해 문밖으로 나간 겁니다."

마이어가 벌떡 일어났다.

"이런 비열한 인간! 아버지는 가장 어려울 때조차 그 시계를 팔지 않으셨어요! 어떻게 그런 짓을 할 수 있지?"

"레너드 씨는 화려한 과거를 가지고 있어요. 그는 어릴 때부터 아이들의 돈을 빼앗고, 또래들을 속이고 협박하기로 유명했답니다. 아마 모르시겠지만, 레너드는 그의 진짜 성이 아니에요. 어머니의 결혼 전 성이고, 성인이 되어서야 그 성을 쓰기 시작했지요. 아버지의 성은 호리(족제비-역주)예요."

"그래서 사람들이 그를 족제비라고 놀렸군요."

마야가 조용히 말했다.

프랭크는 천천히 그녀를 향해 시선을 돌리며 조용히 그녀의 말을 반복했다.

"그래서 사람들이 그를 족제비라고 놀렸지요. 그는 어릴 때부터 거짓말을 아주 잘했고, 솔직히 말해서 나는 오래전부터 그의 입을 다물게 하고 싶었어요. 자, 마야." 그가 일어섰다. "시간이 되었어요. 갑시다. 안녕히 계십시오, 여러분. 모든 것이 마무리되어 정말 기쁩니다."

아만다는 자리에서 일어나 아기를 남편에게 건네주고는, 자기도 모르게 아기를 바라보았다. 그녀는 마야에게 다가가 어색하게 포옹했다.

"고마워요. 정말 고마워요. 내가 당신에게 큰 빚을 졌네요. 그리고 동생 일은 미안해요."

마야는 웃으며 말했다.

"괜찮아요. 아기를 찾았으니 다행이에요."

37장

마야와 프랭크는 현관 계단을 내려왔다. 경찰서장은 점점 더 얼굴이 어두워지면서 불안하게 주위를 둘러보았다. 그는 마부에게 가까이 오라고 신호를 보냈다. 그리고 마야에게 내뱉듯 말했다.

"어서 타요. 바로 커튼을 치고 창밖을 내다보지 말아요."

마야는 마차에 올라타며 대답했다.

"너무 걱정하지 마세요. 다 잘될 거예요."

프랭크는 대답 대신 권총을 꺼내 무릎 위에 놓았다. 마차가 돌로 포장된 길 위에서 덜컹거렸다. 아마도 곧 숲이 나올 것 같았다. 갑자기 마차가 왼쪽으로, 더 왼쪽으로 방향을 틀더니 멈춰 섰다.

"내가 바보였어. 영업용 마차를 탔어야 했는데." 슐은 권총 손잡이를 움켜쥐며 조용히 말했다.

"무슨 일이에요?"

문이 벌컥 열렸다. 그들 앞에는 유쾌해 보이는 한 남자가 서 있었다. 그는 그의 치아가 햇빛을 받아 반짝일 정도로 크게 활짝 웃고 있었다. 그러나 그의 파란 눈은 감빡임 없이 진지하게 그들을 응시했다.

"도착했어, 형! 내려, 여기가 형이 내릴 정류장이야." 그는 그들에게 총을 겨누었다. "장난감을 풀밭에 던져, 어서. 안 그러면 여자애 머리가 망가질 거야."

"그만둬, 루. 내가 물러서지 않을 거라는 거 너도 알잖아."

"농담하는 거 아니야, 형." 남자가 더 가까이 다가왔다. "어제부터 여기서 형을 기다리고 있었어. 형이 거짓말하면 난 다 알아. 권총을 던지지 않으면 먼저 저 여자애 팔을 쏘고, 그 다음엔 다리를 쏠 거야. 던진다면, 우리 모두 빨리 끝낼 수 있어."

프랭크는 권총을 땅에 던졌다.

"전부 다야? 아니면 아직 숨긴 게 있어? 어서, 형, 숨겨둔 권총집이 더 있다는 거 알아. 이쪽으로 던져, 안 그러면 상황은 더 나빠질 거야! 보다시피 난 혼자가 아니야."

경찰서장은 벨트를 풀고 두 번째 권총을 던졌다.

"다야, 프랭크 형? 이제 형은 마차 안에 있고, 꼬마 아가씨는 내보내. 어서, 꼬마야. 내가 틀리지 않았는지 확인하고 싶거든! 너도 어떻게 될지 궁금하지, 응?"

마야는 프랭크 옆을 지나 땅으로 뛰어내렸다.

그들은 숲 바로 옆에 있었다. 루 뒤에는 빅터와 어떤 남자, 두 사람이 더 있었다. 그녀는 빅터를 경멸스럽게 바라보았고, 그는 눈길을 피했다. 두 사람에게 무기는 없었다.

경찰서의 마부는 조심스럽게 손을 들고 발로 발판을 더듬어 내려왔다. 그리고 자신은 이 일과 무관하다는 것을 보여주려는 듯 즉시 옆으로 비켜섰다.

루는 마야를 향해 총을 겨누며 다가왔다. 그는 이미 웃지 않고 있었고, 얼굴은 일순간 뒤틀린 듯, 기이하고 신경질적인 경련으로 일그러졌다.

마야는 프랭크의 쉰 목소리를 들었다.

"루, 그녀를 내버려 둬! 봐, 아직 어려! 그만해! 후회할 짓은 하지 마!"

그는 총을 거두지 않은 채 프랭크 쪽을 힐끗 보며 말했다.

"프랭크 형, 똑같은 소릴 또 하는군! 그 얘기 이미 들었어! 난 얘를 잡겠다고 맹세했어. 십 년을 기다렸다고! 날 방해하기만 해봐, 형! 머리를 날려 버릴 거야, 두고 봐!"

그는 주머니에서 잭나이프를 꺼내 딸깍 소리를 내며 펼쳤다. 총이 걸리적거렸다. 루이스는 보지도 않고 무기를 든 손을 위로 들어 올렸다. 빅터가 재빨리 앞으로 나아가 총을 받아 들고 뒤로 물러섰다.

마야는 신경이 곤두서고 온몸이 떨려오는 것을 느꼈다. 소름 끼치는 냉기가 팔을 타고 흐르며 솜털이 쭈뼛 일어섰다. 루가 머리가 뒤로 젖혀지도록 그녀의 머리채를 세게 움켜잡아서, 그녀는 고통에 입술을 깨물 수밖에 없었다.

남자는 그녀의 왼쪽 소매를 꽉 잡았다. 그가 칼날로 휙 긋자, 자그만 단추 하나가 소리 없이 풀밭으로 떨어졌다. 루는 두 손으로 소매를 잡아당겨 찢었고, 소매는 두 조각으로 갈라져 햇볕에 그을리지 않은 부드러운 피부와 팔꿈치 위쪽에 위치한 팔찌 모양의 선명한 검은 줄무늬를 드러냈다.

루는 하늘을 올려다보며 소리쳤다.

"꼬마야, 네 덕에 기분이 좋아졌어! 숲으로 가자, 애들아!"

그는 그녀를 자기 쪽으로 더욱 세게 끌어당기며 칼을 목에 갖다 댔다.

프랭크는 숨을 쉴 수 없었다. 눈앞이 캄캄해져 아무것도 보이지 않았다. 무언가가 안에서 조여드는 느낌이었다. 왼쪽 가슴이 심하게 조여 왔다. 심지어 왼쪽 팔마저 마비된 듯했다. 움직이기 어려웠다. 너무 어려웠다. 그는 마차 문을 밀어 더 활짝 열었다. 쌔근거리는 소리를 내며 막혔던 숨이 터져 나왔다.

루가 그녀의 머리채를 잡아당겨 머리카락이 뽑혀 나갔고, 마야는 너무 아파서 눈을 감았다. 그녀는 저항하려 했지만, 루는 아주 힘이 셌다. 루가 그녀를 앞으로 잡아당기자, 마야는 비명을 질렀다. 그때 갑자기 망설임 섞인 목소리가 들려왔다.

"그러지 마세요, 슐 씨! 그녀를 놔주세요! 그녀는 아무 잘못도……."

루는 멈춰 섰다. 마야를 끌고 가던 그는 갑자기 돌아섰다. 빅터는 루의 총을 들고 겨누고 있었다. 그의 두 손은 떨리고 있었고, 울음이 터지지 않도록 간신히 참고 있는 것처럼 보였다.

"그녀를 놓아주세요! 제발……."

두 번째 남자가 욕설을 내뱉었고, 루는 여전히 마야를 붙잡은 채 유난히 상냥한 말투로 말했다.

"왜 그래, 꼬마야? 너 그 표식 봤잖아?"

"그래서요? 그녀는 아무 잘못도 안 했잖아요? 그녀를 건드리지 마세요. 쏠 거예요!"

루는 빅터를 향해 천천히 다가가며 다시 말을 시작했다. 그는 옆으로 걸으면서 칼을 목에 댄 채 마야를 끌고 갔다.

"이봐, 내가 지금 다 설명해 줄게! 이것들은 진짜 인간이 아니야, 알겠어? 이들은 마법에 걸렸고, 자신도 요술을 부릴 수 있어. 우리가 없애버리지 않으면, 이곳을 전부 다 차지하고 기생충처럼 온갖 곳을 돌아다닐 거야. 너도 그건 원치 않잖아, 그렇지? 그녀를 봐! 보라고! 모르겠어? 그때 그 빨간 머리 마녀잖아. 그녀가 커서 다시 나타난 거야. 무섭지 않니? 지난번에 무슨 짓을 했는지 너도 알잖아!"

말을 다 마치기도 전에 그는 마야를 잠시 놓고는 빅터에게 달려들었다. 바로 그때 총성이 울렸다. 루는 비틀거리며 가슴을 움켜쥐더니 천천히 풀밭으로 쓰러졌다.

빅터는 총을 내던졌다. 그는 온몸을 떨며 무언가를 설명하려 애썼다. 경찰의 호루라기 소리가 들렸다. 도시 성문 쪽에서 콧수염을 기른 라르스가 권총을 휘두르며 달려왔고, 그의 뒤로 두 사람이 더 따라왔다. 빅터 옆에 있던 두 번째 남자는 욕설을 내뱉고는 두 손을 들었다.

경찰서장은 마차에서 나오지 않았다. 마야는 왠지 모르게 무서워졌다. 그녀는 마차로 달려가 안을 들여다보았다. 프랭크는 뒤로 기댄 채 꼼짝하지 않고 앉아 있었고, 얼굴은 몹시 창백했다. 그의 입술은 이상하게 푸르스름하게 변해 있었다. 그녀는 발판 위로 뛰어올라 눈을 뜨지 않는 남자에게 몸을 숙였다.

"슐 씨!" 그녀는 떨리는 목소리로 불렀다. "슐 씨, 몸이 안 좋으신가요? 무서워요, 저를 놀라게 하지 마세요, 슐 씨! 제발 눈을 뜨세요!"

그녀의 목소리는 갈라졌고, 그녀는 큰 소리로 흐느끼며 울음을 터뜨렸다. 굵은 눈물 한 방울이 경찰관의 손 위로 떨어졌다.

38 장

마야는 나뭇가지와 잎사귀로 이루어진 어두운 터널을 걸었다. 그녀는 두렵지 않았다. 아무렇든 상관없었다. 그저 몹시 지쳐 있었다. 앞쪽에서 빛이 비치기 시작했지만, 그녀는 발걸음을 재촉하지 않았다. 차분하고 일정한 속도로 그 빛 속으로 들어갔다.

그녀는 눈을 떴고, 무슨 일이 일어난 것인지 잠시 동안 이해하지 못했다. 그곳은 자동차 뒷좌석이었다. 몸을 웅크리고 누워 있자니 좀 불편했다. 해가 떠오르고 있었고, 햇살이 유리창 위를 스쳐 지나갔다. 앞쪽에는 한 사람이 등받이를 젖힌 채 누워 있었다. 마야는 눈물로 목이 멘 소리로 말했다.

"아빠!"

그 사람은 몸을 일으켜 그녀에게로 얼굴을 돌렸다. 움푹 들어간 뺨 위에 수염이 은빛으로 빛나고 있었다.

그곳은 자동차 뒷좌석이었다. 몸을 웅크리고 누워 있자니 좀 불편했다. 해가 떠오르고 있고, 햇살이 유리창 위를 스쳐 지나갔다. 앞쪽에는 한 사람이 등받이를 젖힌 채 누워 있었다. 마야는 눈물로 목이 멘 소리로 말했다.

"아빠!"

39장

나이가 지긋한 한 남자가 맏손자의 손을 잡고 해변을 걷고 있었다. 손자는 얼마 전에 여섯 살이 되었다. 매우 호기심이 강한 아이로, 일 분에 백 가지 질문을 했다. 이상하게도, 이런 점은 할아버지를 전혀 짜증 나게 하지 않았다. 오히려 흥미로웠다. 마치 눈앞에서 뭔가 굉장한 일이 벌어지고 있는 것 같았다. 어쩌면 이제 그의 삶에 이보다 더 중요한 일은 없기 때문일까?

아이는 깡충깡충 뛰기도 하고, 신발 끝으로 돌멩이를 툭툭 차기도 했다. 하지만 그러면서도 줄곧 손을 더 편하게 고쳐 잡으며 손가락을 풀지 않았다.

"할아버지! 이제 우리와 함께 계속 사는 거예요?"

남자는 미소를 지었다.

"너는 어떻게 됐으면 좋겠어?"

"저는 계속 함께 살면 좋겠어요. 할아버지가 가을에 와서 아쉬워요. 여름에 왔더라면, 제가 잠수하는 걸 보여드렸을 텐데. 제가 얼마나 잘 하는지 아세요? 할아버지가 숫자를 세어보면

나이가 지긋한 한 남자가 맏손자의 손을 잡고 해변을 걷고 있었다. 손자는 얼마 전에 여섯 살이 되었다. 매우 호기심이 강한 아이로, 일 분에 백 가지 질문을 했다. 이상하게도, 이런 점은 할아버지를 전혀 짜증 나게 하지 않았다. 오히려 흥미로웠다. 마치 눈앞에서 뭔가 굉장한 일이 벌어지고 있는 것 같았다. 어쩌면 이제 그의 삶에 이보다 더 중요한 일은 없기 때문일까?

알 수 있을 거예요! 엄마는 이십까지 세었어요! 느리게요!"

할아버지가 대답했다.

"음, 정말 대단한 걸!"

"네! 그리고 또 있잖아요? 저는 연을 만들고 싶어요. 아빠는 시간이 없대요, 할아버지는 아마 만들 수 있을 거라고 했어요. 만들 수 있어요?"

프랭크는 생각하더니 말했다.

"아마 할 수 있을 게다."

"그럴 줄 알았어요! 신난다! 그리고 또 그거 아세요?" 아이는 멈춰 섰다.

"뭐를?"

"할아버지가 아팠을 때, 엄마랑 할머니가 울어서 무서웠어요."

"겁낼 것 없어, 다 괜찮잖아."

"할아버지를 다시 못 보게 될까 봐 겁이 났어요. 엄마가 할아버지에 대해서, 할아버지의 일에 대해서 정말 많은 이야기를 해줬어요. 저는 할아버지처럼 경찰이 되고 싶어요. 그런데요, 저 할아버지와 닮았나요?"

슐은 금발의 파란 눈을 가진 소년을 바라본 후 고개를 끄덕였다.

"넌 나를 쏙 빼닮았단다, 프랭키."

에필로그

마야는 연필을 내려놓았다. 손바닥으로 머리카락을 쓸어보았다. 벌써 조금 자라 있었다. 다시 초상화를 바라보았다. 역시 연필로 그리는 것이 결과가 가장 좋았다. 그리고 이번에는 제대로 된 것 같았다. 로비가 열린 문틈으로 살며시 고개를 내밀었다.

"그림 그리는 중이야? 들어가도 돼? 시끄럽게 안 할게."

'물론이지. 시끄럽게 안 할게라니…….' 그녀는 웃음이 났다.

소년은 그림을 보았다.

"이 사람은 누구야?"

"내 친구야. 이름은 프랭크."

"나이가 많아?"

"그렇게 많지는 않아."

"어디에 사는데?"

"숲 너머 저편."

숲 너머 저편

초판 1쇄 | 2025년 9월 2일

지은이 | 예카테리나 카그라마노바
그　림 | 타치야나 페트로브스카
옮긴이 | 강완구
디자인 | S-design
편　집 | 박일구
펴낸이 | 강완구
펴낸곳 | 써네스트
출판등록 | 2005년 7월 13일 제2017-000293호
주　소 | 서울시 마포구 망원로 94, 203호
전　화 | 02-332-9384　　팩　스 | 0303-0006-9384
이메일 | sunestbooks@yahoo.co.kr
ISBN 979-11-94166-71-9 03890 값 15,000원

이 책은 신저작권법에 따라 보호받는 저작물이므로 무단 전재와 복제를 금하며, 내용의 전부 또는 일부를 재사용하려면 반드시 저작권자와 도서출판 써네스트 양측의 동의를 받아야 합니다.
정성을 다해 만들었습니다만, 간혹 잘못된 책이 있습니다. 연락주시면 바꾸어 드리겠습니다.